葛原新漢詩集

詠新漢詩　学中国語

王占華　著

上野惠司　校閲

朋友書店

序　『葛原新漢詩集』を推す

上野惠司

葛原王占華氏は中国は吉林省長春の人。名門吉林大学で学を修めた。のち、来日、大阪市立大学大学院でさらに研鑽を積んだ後、長く北九州市立大学で教鞭を執り、専攻の漢語語法学を中心に、広く中日両語の言語文化の研究と教学に従事してこられた。

たまたまわたくしが氏より先に同じ大阪市大の大学院に在籍した縁もあり、「同窓」ということで知り合って久しい。

氏が学業の余暇に詩作を楽しまれることは聞いていたが、今般、そのうちの50篇を選び、自ら篇ごとに解説を付して刊行されると聞いて、校正刷りを読ませてもらった。読後感はまさしく“先睹为快”、誰よりも先に読む幸せを味わうことができた。

故郷を想う詩あり、旧友を懐かしむ詩あり、飲酒と喫茶の喜びに浸る詩あり、旅を愛し風景を愛でる詩あり……。これらの作品に一貫しているのは、氏の豪放にして繊細、友情を重んじ、六十有五にしてなお童心を失わない、愛すべき人柄である。「文は人なり」と言うが、「詩もまた人なり」である。

作品はすべて伝統的な詩詞のスタイルを襲っているが、ありがたいことに、そのすべてに現代口語訳が付され、しかもその現代口語訳には、氏の受業生である津々見るみ子さんによる流麗な日本語訳が添えられている。これらの配慮によって、これまで機会の無かった人も容易に漢詩に接することができ、兼ねて中国語の学力の向上をも図ることができるのである。

先輩ぶって偉そうなことを書いてきたが、白状すると、わたくし自身も詩は素人である。この本が刊行されたら、もう一度じっくり豊饒な漢詩の世界に浸りたいと願っている。

2017年3月

はじめに

「漢詩」と聞いてまず思い浮かぶのは、古代の唐詩、宋詞であろう。「国破れて山河在り、城春にして草木深し」「春眠暁を覚えず、処処啼鳥を聞く」等の名作を暗唱できる方も多いと思う。

漢詩は中国文化の継承において非常に重要な位置を占めており、唐・宋の時代から現在に至るまで、大河長江の如く悠久の歴史を刻みながら、途切れることなく伝承され続けている。特にここ数年、中国国内に「中華詩詞ブーム」が巻き起こり、古代の詩を吟じ、新漢詩を創作するという潮流が大いに盛り上がりを見せている。ＣＣＴＶ（中国中央テレビ局）や地方テレビ局では漢詩の番組がどんどん増え、新漢詩を掲載するインターネットサイトは数えきれないほど立ち上がっている。

本書は、筆者創作の新漢詩50首を収録したものである。作品は全て、伝統的な漢詩の平仄形式に則ったうえで、基本的に現代中国語の『中華新韻』で韻を踏んだものである。

いわば、「現代中国語で創作した古典形式の漢詩集」である本書は、中国語学習における一つの参考資料にもなり得るものと考える。現代中国語の韻文に対する理解や新たな語彙の習得に役立つであろうし、詩を朗読することで発音練習にもなると同時に、現代中国語の声調の抑揚の美を味わうこともできる。こういった特徴から、従前の中国語教科書や参考書とはまた異なった新たな側面を有する学習資料という視点からもご高覧いただければ幸甚である。

詩の内容は、日本や中国での生活、旅、感懐等を主としており、季節感を重視して基本的に春夏秋冬の順で編集した。各詩とも、「新漢詩（作品）」「（同詩の）語句の意味」「解説」「現代口語訳」「（同訳の）語句の意味」の五項目から構成されている。

友人の津々見るみ子さんが小生の書いた「解説」と「現代口語訳」の日本語訳を担当してくださり、また語句の解釈のチェック及び修正をしていただいた。氏の高度な日中両言語の造詣及び文学素養による日訳は、詩意の表現において多く原文に勝り、本書に彩りを添える結果となった。何度も訳者として連名していただくよう懇願したにもかかわらず、ご謙遜により固辞された。ここに謹んで感謝の意を表させていただく。

そして今回、著名な漢学者の共立女子大学名誉教授、日本中国語検定協会理事長の上野惠司先生が、ご多用中にもかかわらず拙稿をご高覧くださり、中国古典の原文や現代中国語の用字、ピンイン、日本語の表現に至るまで、細かくチェックしてくださった。しかも、序文まで賜ったことは小生にとってこの上なき光栄であり、ここに衷心より感謝の意を表させていただく。

いくつかの作品については、詩友の雁門、千結、玄徳のご叱正を受けた。彼らと唱和したものや彼らの撮った写真に題した詩もある。出版上の理由により、全てについて個別に説明を施すことができないことについて各位にご了承のほどお願い申し上げるとともに、感謝の意を表する。

本のレイアウトと製版は、大学院生の王朝さんが対応してくださった。併せて感謝の意を表する。

本書は詩歌選集であり、前後の作品に文脈上の繋がりはありません。どの詩歌からもご自由にご覧いただけますよう、「語句の意味」は作品ごとに記載していますので、掲載が重複している部分があります。本書では漢字単位で中国語のピンインを付しています。

「葛原」は小生の居宅一帯の地名である。本書の詩は全て、ここ「葛原」の地で書き記したものなので、サブタイトルを『葛原新漢詩集』とした。小生はこの「葛原」という言葉が大好きであり、将来、また詩集を出版することができたなら、ぜひこれを「筆名」にしたいと思っている。

王　占華　記

2017年3月

目　次

1. 七言绝句・春色 …… 1
2. 江南春・春雨 …… 3
3. 七言绝句・棣棠 …… 5
4. 浣溪沙・春趣 …… 7
5. 五律・赏樱 …… 10
6. 诉衷情・千鸟渊樱花 …… 13
7. 诉衷情・泛舟赏夜樱 …… 16
8. 朝中措・落樱晚照 …… 19
9. 七言绝句・春怅 …… 22
10. 五言绝句・震中电话 …… 24
11. 浣溪沙・紫藤隧道 …… 26
12. 鹧鸪天・夏日河原 …… 29
13. 踏莎行・端午节 诗人节 …… 32
14. 五言绝句・夏夜 …… 36
15. 七言绝句・荷塘夏色 …… 38
16. 渔歌子・暑日登山 …… 40
17. 五律・暑假看焰火 …… 42
18. 七言绝句・伏暑怀乡 …… 45
19. 五律・雨霁 …… 47
20. 七律・松岛 …… 50
21. 长相思・寄大洋彼岸稚友 …… 53
22. 七言绝句・长白山天池 …… 56
23. 七言绝句・青海湖 …… 58
24. 七律・早秋即景 …… 60
25. 鹧鸪天・太湖民居 …… 63
26. 蝶恋花・秋之晨 …… 66
27. 浪淘沙・海岸叙怀 …… 70
28. 朝中措・七夕 …… 74
29. 浪淘沙・寻访徐志摩作《再别康桥》处 …… 77
30. 七律・祭友人 …… 81
31. 七言绝句・港湾素描 …… 84
32. 卜算子・寄诗友 …… 86
33. 七律・晚秋漫步 …… 89
34. 七言绝句・长城 …… 92
35. 虞美人・暮歌 …… 94
36. 苏幕遮・中秋 …… 97
37. 清平乐・凭吊关门海峡古战场 …… 101
38. 七言绝句・寒山寺 …… 104
39. 七言绝句・题台湾友人画作 …… 106
40. 清平乐・猎户座流星雨 …… 108
41. 五律・冬日怀远友 …… 111
42. 阮郎归・岁末登观海楼 …… 114
43. 七言绝句・旧友聚会 …… 117
44. 五律・冬韵 …… 119
45. 七言绝句・南国冬晨 …… 122
46. 七律・梦乡踏雪行 …… 124
47. 七言绝句・南岛雪 …… 127
48. 卜算子・元宵 …… 129
49. 醉花阴・老友共酌 …… 132
50. 浪淘沙・海望 …… 136

qī yán jué jù chūn sè

1. 七言绝句 春色

chūn sè pán shān dào wǒ jiā
春色蹒跚到我家，

liǔ huáng cǎo ruǎn yàn zi xié
柳黄草软燕子斜。

chén guāng zhuó yì hóng qīng xìng
晨光着意红青杏，

lǜ shuǐ wú yán xǐ luò huā
绿水无言洗落花。

語句の意味

春色	春の景色	着意	念入りに
蹒跚	よろよろ歩くさま	红	赤くする
晨光	早朝の太陽の光	青杏	青い杏の実

解説

“春色”とは、色彩と景色感で成り立つものである。本詩では“黄、红、青、绿”で色彩、第二、三、四句で景色を表している。

“黄、软、红”は本来形容詞であるが、本詩では全て「黄色になる」「柔らかくなる」「赤く染める」という動詞として用いられている。また、“蹒跚、着意、无言”で擬人法を用いることによって、春、陽光、そして池の生命力を感じさせる表現となっている。第一句と第四句では意味上互いに対比を為しており、第一句でなかなか来ない春を待ちわびる作者のもどかしい気持ちを表しつつ、逆に第四句では池の上で揺れる散り落ちた花びらを描き、あたかももう春が過ぎ去ったかのような虚しさを表している。読後、「春は美しく、そして短し」という感慨に読者をひたらせる作品である。（本詩では軽声の“子”を平声として取り扱っている。）

現代口語訳

chūntiān de jǐng sè mànmān de lái dào le wǒ jiā
春天的景色慢慢地来到了我家，

春がそろりそろりと我が家に近づいてくる気配がする中、

liǔ shù fā yá kū cǎobiànruǎn yàn zi xié fēi
柳树发芽，枯草变软，燕子斜飞。

柳が芽を吹き、枯れ草は柔らかさを取り戻し、燕が空を斜めに横切る。

zǎochen de yángguāng xì xīn de zhàohóng le qīng sè de xìng zi
早晨的阳光细心地照红了青色的杏子，

朝の光がじっくりとまだ青い杏の実を赤く照らし、

lǜ sè de chí shuǐjìngjīng de xǐ zhe luò zài lǐ miàn de huābàn
绿色的池水静静地洗着落在里面的花瓣。

碧い池は水面に散り落ちた花びらを静かに濯いでいる。

語句の意味

早晨	朝	里面	中
阳光	日光	花瓣	花びら
静静地	静かに		

湖畔　（王 占華　撮影）

2. 江南春 春雨

jiāng nán chūn chūn yǔ

xiāng xuě sè
香雪色，

zǎo méi shēng
早眉声。

yún shān tóng ǎi hòu
云山彤霭厚，

yān shù lǜ zhī qīng
烟树绿枝轻。

yǔ piāo wú jìn chūn yá chù
雨飘无尽春芽处，

chūn zài mí máng xì yǔ zhōng
春在迷茫细雨中。

語句の意味

江南春	詞牌名	绿枝	緑の枝
香雪	梅の別称	飘	漂う
早眉	（はやく起きた）ガビチョウ	无尽	見渡す限り果てしない
云山	雲に覆われた山	春芽	春草の芽
彤霭	厚い雲ともや	迷茫	ぼんやりとしてはっきり見えない
烟树	霧の中の木	细雨	小雨

解説

昔から春雨を題材とする詩は数知れず、千古の名詩も多い。本詩は「春はいずこにあるのか」という視点から始まり、梅の花、鳥の鳴き声、厚い雲、霧に煙る木々を描き、最後に「雨は春の中に、春は雨の中に」との結論を導き出すという新たな発想に富んだ作品となっている。三字句、五字句、七字句の対句三組による構成は、読者の視野を近くから遠くへと徐々に広め、詩情も次第に濃密さが深まっていくように感じさせる。

現代口語訳

méihuā kāi
梅花开，

梅の花が開き、

huàméijiào
画眉叫。

ガビチョウが鳴く。

tiānkōngnóngyún mì bù
天空 浓云密布，

厚い雲が空を覆い、

lǜ shùnèn zhī qīngyáo
绿树嫩枝轻摇。

木々はその若い枝をそっと揺らす。

chūn yǔ piāo luò zài màn wú biān jì de cǎo dì shang
春雨飘落在漫无边际的草地 上，

細かい雨が広い草原に柔らかく舞い落ちるころ、

chūntiān jiù zài zhè mí mángliáokuò de xì yǔ li
春天就在这迷 茫 寥廓的细雨里。

そして春は、この広くかすむ霧雨の中にある。

語句の意味

开	（花が）開く	轻摇	軽く揺れる
画眉	ガビチョウ	飘落	舞い落ちる
叫	鳴く	漫无边际	果てしなく広い
浓云	厚い雲	嫩枝	若い枝
密布	すき間なく広がる	寥廓	広漠としている

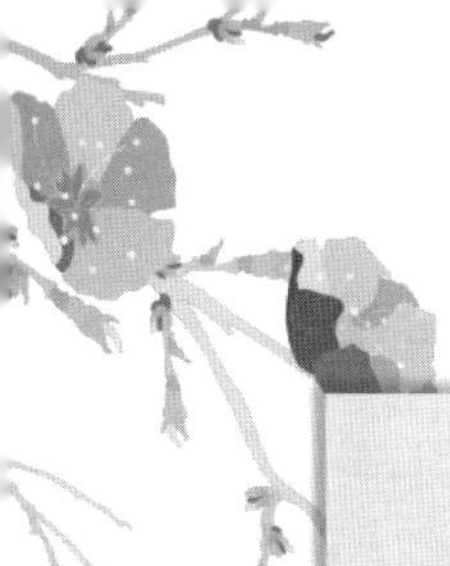

3. 七言绝句 棣棠

qī yán jué jù dì táng

zǒng jì xiāng méi zǎo bào chūn
总继香梅早报春，

pū chū jìn yě yuǎn shān xīn
铺出近野远山新。

qīng fēng hé rì chuí yáng liǔ
清风和日垂杨柳，

dāng xùn fēng táng mǎn dì jīn
当逊蜂棠满地金。

語句の意味

棣棠	山吹
总	いつも
继	～に続いて
香梅	梅
报春	春の到来を告げる
铺出	敷く
近野	近くの野原
远山	遠い山
清风和日	うららかな春の日
垂杨柳	柳とポプラ
当	～すべきである
逊	及ばない。劣る
蜂棠	山吹の別名
满地	地面いっぱい
金	黄金色

解説

山吹は低木の小花である。梅のような芳香もなく、桜のように見目麗しくはないものの、土壌を選ばず寒さにも強く、何よりも早春に開花し、我々に春の到来を告げる役割を担う。本詩は、開花の時期、場所、花の色といった角度から山吹を描き、早春独特の風情を表現している。

現代口語訳

niánniándōu jǐn jiē zheméihuāzǎozāo de bàogàochūntiāndào lái de xùn xī
年年都紧接着梅花早早地报告春天到来的讯息，

每年、梅に続かんとばかりに早々と花開き春の訪れを告げ、

gěi jìn chù de yuán yě hé yuǎnchù de shāngāngchuānshang xīn zhuāng
给近处的原野和远处的山冈穿上新装。

近くの野原、遠くの小山に衣替えをさせてしまう。

fēng hé rì lì yáng liǔ yáo yè de jǐng sè suī hǎo
风和日丽，杨柳摇曳的景色虽好，

風穏やかに日うららか、柳揺れる景色も素晴らしいけれど、

kě yě bǐ bú shàng dì tángzhànfàng de mǎn dì jīn huáng
可也比不上棣棠绽放的满地金黄。

咲き誇る山吹の黄金色の絨毯には敵わない。

語句の意味

紧接着	すぐ引き続いて	新装	新しい装い
讯息	知らせ。情報	风和日丽	風は穏やかで日はうららか
给	～に～してあげる	摇曳	揺らぐ
山冈	丘。低い山	比不上	比べものにならない。劣る
穿上	ちゃんと着せる	绽放	咲く

huàn xī shā chūn qù

4. 浣溪沙 春趣

yào yǎn é huáng lì cǎo jiān

耀眼鹅黄立草尖，

wán tóng méng quǎn rào lí biān

顽童萌犬绕篱边。

xiǎo yuán sān yuè xìng huā tiān

小园三月杏花天。

bàn cǐ chūn guāng néng bù yǐn

伴此春光能不饮？

shū hū yán xià qǐ chuī yān

倏忽檐下起炊烟。

ròu shū wèi zhì jiǔ xiān hān

肉蔬未炙酒先酣。

語句の意味

浣溪沙	詞牌名
耀眼	まぶしい
鹅黄	若草色
草尖	草の芽
顽童	腕白小僧
萌犬	可愛い子犬
绕	回る。めぐる
篱边	まがきの周り
小园	庭
杏花天	（杏の花が咲いている）春の日
伴	お供する
春光	春の景色
倏忽	忽ち
檐下	軒の下

炊烟　炊煙

肉蔬　肉と野菜

炙　炙る

酣　心ゆくまで楽しく飲む

解説

本詩は、早春の風物と情趣を描いた「水彩画」であると言えよう。陽春の三月、草木が柔らかい新芽を吹き、子犬を連れた子供たちがはしゃぎ回り、太陽の光は眩しく、杏子の花が満開となる。大地に春が巡り、万物が蘇る。そんな素晴らしい春の情景に酒興を掻き立てられた作者は、早速コンロで酒の肴を炙るものの、焼き上がる前にすでに酔っぱらってしまう。そして最後の句で、読者にこう想像させる余韻を残す。「作者は一体、待ち切れずに酒を飲んで酔っぱらってしまっただけなのか。それとも、欧陽修の『酔翁亭記』にある“醉翁之意不在酒，在乎山水之间也(酔翁の意は酒に在らず、山水の間に在るなり。＝酒飲みの心は酒そのものにではなく、周りの美しい風景にある)”の心境であるのか」。我々は知るよしもない。

現代口語訳

gāng fā yá de xiǎocǎonènhuángyàoyǎn
刚发芽的小草嫩黄耀眼，

芽吹いたばかりの若草の柔らかい緑色が目にまばゆく、

táo qì de hái zi hé kě ài de xiǎogǒur zài qiángbian xì shuǎ
淘气的孩子和可爱的小狗儿在墙边戏耍，

わんぱくな子供たちがかわいい子犬とともに戯れる中、

yángchūnsānyuè de yuàn zi li xìnghuāshèng kāi
阳春三月的院子里杏花盛开。

陽春三月、庭の杏子の花が満開を迎えた。

miàn duì zhèmíngmèi de chūnguāngzěn me néng bù hē jiǔ ne
面对这明媚的春光怎么能不喝酒呢?

この美しい春の景色を目の前に、どうして酒を飲まずにいられようか。

shāokǎo de lú zi mǎshàngdiǎnshang le huǒ
烧烤的炉子马上点上了火，

いそいそと火を点けたバーベキューコンロの上で、

ròu hé shū cài hái méikǎoshú ne rénquèxiān zuì le
肉和蔬菜还没烤熟呢，人却先醉了。

肉と野菜はまだ焼き上がらないというのに、人間のほうは既に出来上がってしまっている。

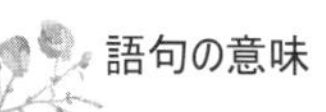

語句の意味

刚	～したばかり	烧烤	バーベキュー
发芽	芽を出す	炉子	コンロ
嫩黄	薄い黄色	点上	火をつける
淘气	わんぱくである	蔬菜	野菜
戏耍	遊ぶ。戯れる	还	まだ
院子	庭	烤熟	焼き上がる
盛开	満開	却	～なのに
明媚	（景色が）美しい	醉	酔う

千鳥ヶ淵の桜（王 占華　撮影）

5. 五律 赏樱
wǔ lǜ shǎngyīng

xūn fēng chuán mù dí
熏风传牧笛，

ruǎn wù guǒ nán ní
软雾裹喃呢。

yì zì qíng yīng xià
意恣晴樱下，

xīn shū xì yǔ shí
心舒细雨时。

pín zhuó huā màn huàn
频酌花漫漶，

zuì wò cǎo mí lí
醉卧草迷离。

rì jìn xiá sī yuǎn
日近遐思远，

xīng fán juàn niǎo chí
星繁倦鸟迟。

語句の意味

熏风　暖かな南風

牧笛　牧童の吹く笛の声

软雾　春や初夏の霧

裹　包む

喃呢　ツバメの鳴き声。原型は“呢喃”

意恣　思いのままである

心舒　心がのびやかである

漫漶　（画面などが）ぼやける

迷离	眠くてもうろうとしてる	繁	多くなる
遐思	馳せる思い	倦	倦む。疲れる

解説

うららかな春の日、桜に酔いしれる作者の心情を、外界の様子と重ね合わせながら描き出した詩である。

前半部分、“熏风、软雾、晴(樱)、细雨”で天候を、“牧笛、喃呢”で風景を表現し、“意恣、心舒”で自由気ままにリラックスした作者の心の状態を表している。なお、“熏风”及び“喃呢”は、いずれも春の季語である。

続く第五、六句において、こういった作者の心情を反映した具体的な行動が描かれる。人間と自然との融合、自由な身体でのびのびと気持ちよくあろうとする作者の心が伝わってくる。

しかし、どんなに景色が素晴らしくとも、永遠に酔い続けるわけにはいかない。「時流」と「覚醒」に思い至った作者であるが、それでもまだ桜への未練、名残惜しい時間への思いを“遐思远”と表現することにより、読者に対したっぷりとその気持ちを想像させる空間を与えている。そして、夜空に広がる満天の星と疲れて山に帰っていく鳥たちを描写した最後の一句では、夜桜に後ろ髪を引かれながら、とぼとぼと帰路につく作者の心情そしてその情景を、誰もが味わうことができるだろう。

現代口語訳

mù dí de shēngyīn suí zhe hé nuǎn de nánfēngchuán lai
牧笛的声音随着和暖的南风传来，

牧笛の音が暖かい南風に乗ってどこからともなく聞こえてきて、

bó bó de chénwù zhōng jiā zá zheyàn zi de jiàoshēng
薄薄的晨雾中夹杂着燕子的叫声。

うっすらとした朝霧の中に、燕たちの鳴き声が飛び交う。

tiān qì qínglǎng de shí hou wǒ zài shù xia zòngqínghuān lè
天气晴朗的时候，我在树下纵情欢乐，

すがすがしく晴れた日、私は木の下に腰を下ろし、心ゆくまで桜を楽しむ。

xià qǐ máomáo xì yǔ de shí hou xīnqínggèng jué shūchàng
下起毛毛细雨的时候，心情更觉舒畅。

細かい細かい小雨が降り始めたころ、気分は一層のびやかになる。

chàngyǐn zhī hòu　jué de yīnghuāyǒudiǎnr　mó hu
畅饮之后，觉得樱花有点儿模糊，

心の赴くまま杯を重ねるうち、桜の花がゆらゆらと揺れたような気がした。

hē zuì le jiù tǎng zài le màn wú biān jì de chūncǎo li
喝醉了就躺在了漫无边际的春草里。

酔っ払った私は、広々とした原っぱにどさりと体を横たえる。

xī yáng lí wǒ yuè lái yuè jìn　sī xù yuè lái yuèyuǎn
夕阳离我越来越近，思绪越来越远，

夕闇は刻々と近づき、思いはますます遠くへと馳せる。

xīngxīngchū lai le　pí juàn de niǎor　fēi hui cháo qu
星星出来了，疲倦的鸟儿飞回巢去。

空には星がきらめき始め、疲れた鳥たちは山へ帰ってゆく。

語句の意味

和暖	暖かい	畅饮	心行くまで飲む
随着	～と共に	模糊	ぼやけている
夹杂	入り交じっている	躺	横になる
叫声	鳴き声	漫无边际	果てしなく広いさま
纵情	思う存分	越来越～	ますます
下起	降り始める	思绪	考え。思い
毛毛细雨	こぬか雨	星星	星
舒畅	のびのびとして心地よい	疲倦	疲れる

sù zhōngqíng Qiān niǎo yuān yīng huā
6. 诉衷情 千鸟渊樱花

lín fēng yù shù zhǎn fāng huá
临风玉树展芳华，

chūn cǎo mǎn shān yá
春草满山崖。

màn tiān fēi xuě rú huà
漫天绯雪如画，

wù sàn xī yáng xié
雾散夕阳斜。

zhēn lǎo jiǔ
斟老酒，

pǐn xīn chá
品新茶，

huà sāng má
话桑麻。

yì tán bì shuǐ
一潭碧水，

qiān niǎo zhēng fēi
千鸟争飞，

wàn dào hóng xiá
万道红霞。

語句の意味

語句	意味
诉衷情	詞牌名
临风玉树	風を迎え立っている木。杜甫の『飲中八仙歌』で“玉树临风”と詠み、人の風采にたとえた。
展	伸び広がる
芳华	かぐわしい花のついた枝
山崖	崖
漫天	空いっぱい
斟	注ぐ
品	味見する
话	話す
桑麻	農事の代称。孟浩然の『過故人荘』に“把酒话桑麻（酒を把りて桑麻を語る）”という句がある。
潭	たまった水を数える助数詞
碧水	青色に澄んだ水
道	本。筋。細長いものを数える助数詞
红霞	夕焼け

解説

東京の桜の名所として名高い千鳥ヶ淵は、堀の斜面に並ぶ桜がその枝を瀟洒に水面に向かって伸ばしているのが特徴である。桜が夕焼けに照らし出される中、花びらが夕霞に舞い、それはまるで緋色の雪が降っているかのように見える。本詩は、前部と後部で景色を描き、中間で人物を描くという構成となっている。動詞“斟、品、话”で花を愛でる人々の動作と心情を形象的に描いたのち、続く“一、千、万”との数詞を用いた三句により、読者の視界を近くから遠くへぐっと押し広げ、悠々たる天地を見渡すような効果を生んでいる。

現代口語訳

xiāo sǎ de yīnghuāshùyíngfēngshēnzhǎnzheměi lì de zhī tiáo
潇洒的樱花树迎风伸展着美丽的枝条，

瀟洒な桜の樹は風に吹かれながらその美しい枝枝を伸ばし、

chūncǎozhǎngmǎn le shān yá
春草长满了山崖。

春の草草が堀の斜面を覆い尽くしている。

màntiān de huābànxiànghuàchu de fēi hóng de xuě
漫天的花瓣像画出的绯红的雪，

満天の花びらが紅の雪を描くかのように

fēi wǔ zài bó wù sàn qu de xī zhào zhī zhōng
飞舞在薄雾散去的夕照之中。

霧が晴れた夕日照りに舞う。

hē wán le chén jiǔ
喝完了陈酒，

美酒を飲み干したあとは、

zài pǐn wèi xīn chá
再品味新茶，

新茶を味わいながら、

biānshǎnghuābiānshuōzhe jiā chánghuà
边赏花边说着家常话。

花を愛でつつ、とりとめのない会話を楽しむ。

yǎnqián shì yī wāngqīngchètòumíng de hú shuǐ
眼前是一汪清澈透明的湖水，

目の前には深く澄みきった水、

tiānshang fèn fēi zhe jǐ qiān zhī jùn niǎo
天上奋飞着几千只隽鸟，

空には天高く舞う幾千もの鳥たち、

yuǎnchùshǎnyàozheshàngwàndào cǎi xiá
远处闪耀着上万道彩霞。

遠くには幾筋もの夕霞が光り輝いている。

語句の意味

潇洒	あか抜けている	家常话	世間話
伸展	伸び広がる	眼前	目の前
枝条	木の枝	汪	溜まっている水を数える助数詞
花瓣	花びら		
飞舞	舞う	清澈透明	澄んで透き通っている
夕照	夕日の光	奋飞	翼を広げて高く飛ぶ
陈酒	年代物の酒。ここで美酒を指す。	隽鸟	美しい鳥
品味	味見する	闪耀	光り輝く
边～边～	～しながら～する	彩霞	美しい霞

7.诉衷情 泛舟赏夜樱

sù zhōngqíng fàn zhōushǎng yè yīng

fán huā yàn yǐng yì fān shōu
繁花艳影一帆收，

lǜ shuǐ dàng piān zhōu
绿水荡扁舟。

jī jié Qīngmíng hé shang
击节清明河上，

fàng làng chàngchūn qiū
放浪唱春秋。

rén dǐng fèi
人鼎沸，

niǎo zhōu jiū
鸟啁啾，

yuè rú gōu
月如钩。

yān lán hào miǎo
烟岚浩渺，

sì yě cāngmáng
四野苍茫，

tiān dì yōu yōu
天地悠悠。

語句の意味

泛舟　舟を浮かべる

繁花　繁茂した花

艳影　華やかな影

收　収まる

绿水　清らかな水

荡　舟をこぐ

扁舟　小舟

击节　手拍子をとる

清明　清明節（頃）

放浪　振る舞いが自由奔放である

春秋　年月

鼎沸　人の声で沸き立つ

啁啾　鳴く。鳥の鳴き声

钩　鉤

烟岚　山野に立ちこめる霧。唐・宋之問の『江亭遠望』に“烟岚出远村”という句がある。

浩渺　広々としている

四野　茫々たる原野

苍茫　広くて果てしない

悠悠　果てしなく長く続く様子

解説

夜の花見は、日中とはまた異なる姿を見せる桜を味わうことができる。しかも、川に浮かべた小船から観る夜桜となれば、一層格別なものである。

本詩はまず船の上で花見をしながら声高らかに歌を歌う人々の姿が描かれ、続いて遊覧客や飛び交う鳥、三日月、平原、天地といった景物が描写されている。

“鼎沸、啁啾、浩渺、苍茫、悠悠”の句は、李白が『春夜宴桃李园序』（春夜桃李園に宴するの序）の中で“夫天地者万物之逆旅，光阴者百代之过客。而浮生若梦，为欢几何？（それ天地は萬物の逆旅にして、光陰は百代の過客なり。而して浮生は夢の若し、歡を爲すこと幾何ぞ。）”と詠んだ心境を彷彿とさせる。

現代口語訳

fán mào de yīnghuā hé měi lì de yǐng zi jìn shōuyǎn dǐ
繁茂的樱花和美丽的影子尽收眼底，

見渡す限りの桜の花々とその美しい影を一望に、

wǒ men zài qīngchè de shuǐmiànshangdàngyàngzhexiǎochuán
我们在清澈的水面上荡漾着小船。

私たちは清らかな水の上にたゆたう小舟に揺られている。

Qīngmíng shí jié de yè wǎn ràng rén shén qīng qì shuǎng
清明时节的夜晚让人神清气爽，

清明節の季節の夜は、爽やかで心地よく、

dà jiā dǎ zhe pāi zi yǐn háng gāo gē
大家打着拍子引吭高歌。

誰もが、手拍子をとりながら声高らかに歌を歌う。

rén shēng dǐng fèi
人声鼎沸，

人の声が沸き立ち、

niǎo míng wǎn zhuǎn
鸟鸣婉转，

高く低く滑らかに鳥が鳴き、

cán yuè rú gōu
残月如钩。

銀鉤が夜空に懸かる。

yè wù màn shān biàn yě
夜雾漫山遍野，

夜霧が山野を包み、

sì zhōu wú biān wú jì
四周无边无际，

見渡す限り広々と果てしなく、

tiān dì guǎng kuò liáo yuǎn
天地广阔辽远。

天地はどこまでも続いている。

語句の意味

影子	影
尽收眼底	一望する
清澈	清らかである
荡漾	流れ漂う
时节	時期。季節
神清气爽	気分的に清々している
打拍子	手拍子をとる
引吭高歌	声を張り上げ高らかに歌う
婉转	抑揚があって美しい
漫山遍野	山野に遍く
无边无际	広大で果てしない
广阔	広々としている
辽远	遙か遠い

8. 朝中措 落樱晚照

cháozhōng cuò luò yīng wǎn zhào

shēn jī huā yǔ rèn huā xiáng
身跻花雨任花翔，

wǎn ěr duì chén yáng
莞尔对沉阳。

guàn kàn yīng fēi chūn mǎn
惯看樱飞春满，

zhuī huái shì shuǐ mián cháng
追怀逝水绵长。

zhāo xiá yì cǎi
朝霞溢彩，

zhōng tiān rì lì
中天日丽，

mù ǎi cāng máng
暮霭苍茫。

wú huǐ bàn shēng wéi kè
无悔半生为客，

zhǐ tān yí zuì chéng háng
只贪一醉成行。

語句の意味

朝中措　詞牌名
晩照　夕焼け。夕日
跻　身を置く
花雨　花吹雪
任　任せる。放任する
翔　飛ぶ
莞尔　にっこり笑うさま
沉阳　（沈んでいく）夕日
惯看　見慣れる
春满　春の盛り。春の終わり
追怀　追憶する
逝水　流れる水
绵长　長く続いている
溢彩　美しい彩りが溢れている
中天　正午
日丽　日がうららかである
暮霭　夕方のもや
无悔　悔いなし
为客　異郷に住む
只　ただ。だけ
贪　執着する
一醉成行　酒を飲んで詩を作る

解説

花が咲き、花が散る。人生に対する感慨を呼び起こす代表的な事象である。特に桜の花の盛りはあっという間で、観る人に己の人生を回想させる。作者は、はらはらと散り落ちる桜の花びらの中に身を置きつつ、泰然と、過ぎ去ったこれまでの人生に思いを馳せる。少年は朝焼け、青壮年は正午、老年は夕焼けのようなものだ。半生を異国の地で過ごしたけれども、不平も後悔もない。ただ酒を飲み、ただ詩を詠みさえできれば、私は満足である、と。

現代口語訳

zhì shēn zài rú yǔ de luò huā zhī zhōng tīng rèn huā bàn zài shēn bian piāo luò
置身在如雨的落花之中，听任花瓣在身边飘落，

散る花の雨を降らす桜の樹の下、舞う花びらが体をまとうに任せ、

wǒ wēi xiào zhe miàn duì zhe jí jiāng chén xia de xī yáng
我微笑着面对着即将沉下的夕阳。

私は微笑みながら、沈みゆく夕日を望む。

jǐn guǎn jīng lì le wú shù cì huā luò chūn qù de jǐng xiàng
尽管经历了无数次花落春去的景象，

花散る春の終わりを迎えるたびに、

hái shi ràng wǒ huí yì qǐ nà xiē yí qù bú fù fǎn de rì zi
还是让我回忆起那些一去不复返的日子。

二度と戻らない日々を思い返す。

shàonián xiàng càn làn de zǎo xiá
少年像灿烂的早霞，

少年時代とは、まるで光り輝く朝焼けのようであり、

qīngnián xiàng chì rè de zhèng wǔ
青年像炽热的正午，

青年時代は灼熱の正午、

wǎnnián xiàng cāngmáng de mù sè
晚年像苍茫的暮色。

そして晩年は、ほの暗い夕暮れのようだ。

wǒ bù hòuhuǐ cǐ shēng de yí bàndōu kè jū yì guó tā xiāng
我不后悔此生的一半都客居异国他乡，

異国の地で生きてきた自分の半生を、私は後悔しない。

zhǐ zhuī qiú suí xīn suǒ yù de zuò shī yǐn jiǔ
只追求随心所欲地作诗饮酒。

心ゆくまま、酒を飲み、詩を詠む。求めるのはただそれだけだ。

語句の意味

置身	身を置く	还是	やはり
听任	任せる。放任する	回忆起	思い出す
花瓣	花びら	那些	それら。あれら
身边	そば。身の回り	一去不复返	一度去って二度と戻らない
飘落	飛び散る	日子	日
面对	～に向かって	灿烂	きらきらと輝いてまぶしい
即将	まもなく～する	早霞	朝焼け
尽管	～にもかかわらず	炽热	灼熱
经历	経験する	后悔	後悔する
多少次	何度も	客居	異郷に住む
花落春去	花が散り春が終わる	异国他乡	異国の地
景象	風物。景色	随心所欲	心のままに

qī yán jué jù chūnchàng

9、七言绝句 春怅

xié jūn zǒng yì shào nián yóu

偕君总忆少年游，

xì yǔ xīn shēng huà yuǎn chóu

细语心声话远酬。

hǎi kuò tiān gāo nán jù shǒu

海阔天高难聚首，

chūn fēng bú sì nà shí róu

春风不似那时柔。

語句の意味

春怅	春の感傷
偕	一緒に
总	いつも
少年游	少年時代のピクニック
细语	ささやき
心声	心の内
话	語る
远酬	将来の抱負
海阔天高	広々とした天地（のはるか離れているところ）
聚首	集まる
那时	あの時
柔	柔らかい。のどかである

解説

万物蘇る春は、過ぎ去った出来事を思い返す季節でもある。少年時代、仲良しの「君」と共に小旅行に出掛け、共に本音で語り合い、共に未来を語り合った思い出を懐かしむ作者。そしてまた現実に引き戻され、友人と離れ離れとなってしまった今、その離別の憂いが一層募る。ところで、作者がここで想う「君」とは、一体、単なる友人を指しているのか、それとも初恋の人なのか？第二句及び第四句から察するに、それはおそらく後者ではないだろうか。

現代口語訳

wǒ zǒngxiǎng qi xiǎo shí hòuchūnyóu de qíngjǐng
我总想起小时候春游的情景，

幼い頃に行った春のピクニックを、僕はいつも思い出す。

zánmenqīngshēng xì yǔ de chōngjǐngwèi lái
咱们轻声细语地憧憬未来。

あの日僕たちは、待ち受ける未来を囁き合った。

kě shì xiàn zài hǎi tiānxiāng gé nán dé yí jiàn
可是现在，海天相隔，难得一见，

遠く離れて、会うことさえ叶わなくなった今、

wǒ jué de chūnfēng yě bù rú nà shí houqīngróu hé xù le
我觉得春风也不如那时候轻柔和煦了。

君のいない春に、あの時の柔らかな風はもう訪れない。

語句の意味

想起	思い出す	难得一见	会うことがなかなかできない
小时候	幼い頃。少年時代	不如	～に及ばない
春游	春のピクニック	那时候	あの時
轻声细语	声が小さく、語気がやさしい	轻柔	柔らかい
憧憬	憧れる。思いを馳せる	和煦	暖かくのどかである
海天相隔	遠く海を隔てる		

10. 五言绝句・震中电话

wǔ yán jué jù zhènzhōng diàn huà

tiān xuán dì dòng chūn
天旋地动春，

yí rì yì xiāng yīn
一日一乡音。

yóu zǐ piāo bó chù
游子漂泊处，

quán quán fù mǔ xīn
惓惓父母心。

語句の意味

震中	地震が活発な最中	漂泊	さすらう
天旋地动	天地が回る(ように感じる)	处	ところ
乡音	お国なまり	惓惓	懇々と。懇切な
游子	他郷にいる人		

解説

我が子の住む地方で地震が起きたとなれば、遠く離れている親は気が気ではない。四句の中に親が子を案ずる気持ちを如実に表した短詩である。

現代口語訳

zài nà tiānxuán dì dòng de chūn rì li
在那天旋地动的春日里，

天と地がひっくり返ったようなあの時の春、

něi tiāndōunéngtīngdào jiā xiāng de shēngyīn
哪天都能听到家乡的声音。

来る日も来る日も郷里の声が届いた。

wú lùn ér nǚ piāo bó zài hé chù
无论儿女漂泊在何处，

我が子がどこにいようとも、

měi shí měi kè dōuqiāndòngzhe fù mǔ de ài xīn
每时每刻都牵动着父母的爱心。

必ずそこに親の愛は降り注ぐ。

語句の意味

春日	春の日	牵动	関連する。波及する。つながっている
听到	聞こえる		
无论	～を問わず。～にもかかわらず	爱心	子供を愛する親心
每时每刻	毎日毎時。いつも		

石林（王 占華　撮影）

huàn xī shā　zǐ téng suì dào

11.浣溪沙 紫藤隧道

shéi niǎn sī tāo xiù cǎi qióng
谁捻丝绦绣彩穹，

luò yīng wéi bàn zhuì róu téng
落英为伴缀柔藤。

yōu rán yǐn wǒ rù méng lóng
悠然引我入朦胧。

néng huàn mèng shí xún gǔ yùn
能幻梦时寻古韵，

lài tóu yuán chù chàng shī qíng
赖投缘处畅诗情。

dì kuān shuǐ kuò rèn piāo píng
地宽水阔任飘萍。

語句の意味

浣溪沙	詞牌名
隧道	トンネル
捻	捻り合わせる
丝绦	絹製の帯紐。太い絹糸
绣	刺繍する
彩穹	鮮やかな天井
落英	落花
为伴	供をする
缀	飾る
柔藤	柔らかい藤
悠然	悠然としている
引	導く

朦胧	おぼろである	投缘	気持ちが通じ合う
幻梦	幻想する	畅	心ゆくまで（〜する）
寻	さがす	诗情	詩興
古韵	古詩詞	任	思う存分
赖	頼る	漂萍	（浮き草のように）漂う

解説

北九州市に、幻想的な風景として世界でも有名な河内藤園がある。毎年、桜が散り去るころ、絡み合う藤の蔓が造成する藤トンネルでは藤の花が満開になり、世界中から多くの観光客を引きつけている。本詩は、その藤トンネルを詠んだ詩友の作品に応じ作者が唱和したものである。

前半部分、まず設問形式で読者の想像を掻き立て、作者が藤トンネルに足を踏み入れたとたんに味わった、夢の世界に迷い込んだかのような感覚を描写している。そして後半、その夢幻的な感覚はいつしか自分自身の境遇へも波及し、美しい光景の中で受けた感銘を詩に成すことができ、しかも詩友との交流も叶った満足感を表現するとともに、さすらいの人生を送る自らに対するかすかな憂いをも暗喩している。

現代口語訳

shì shéi niǎn chū le piàoliang de sī xiàn zhī chū le cǎi sè de tiān mù
是谁捻出了漂亮的丝线，织出了彩色的天幕？

一体誰が、美しい絹糸を撚り合わせ、この色彩の天空を織り上げたのだろう。

kōngzhōng hái bàn suí zhe luò huā diǎnzhuìzhe róunèn de téngwàn
空中还伴随着落花，点缀着柔嫩的藤蔓。

空中には落花が漂い、途切れを知らない柔らかな藤蔓が彩りを添えている。

měi lì de jǐng sè shǐ wǒ qīngsōng yú yuè de jìn rù le mèngjìng
美丽的景色使我轻松愉悦地进入了梦境。

美しい光景は、軽やかに楽しげに、私を夢の世界に引き込む。

nénggòu bǎ zì jǐ de huànxiǎng xiě chéng gǔ tǐ shī
能够把自己的幻想写成古体诗，

胸中の幻想を古詩にしたためることができたのは、

quánkào hé qíngtóu yì hé de shī yǒu chàngtán gè zhōng de miào qù
全靠和情投意合的诗友畅谈个中的妙趣。

意気投合する詩友と詩趣についてたっぷりと語り合えたからだ。

guǎngkuò de tiān dì suí wǒ xiàngshuǐshang de fú píng yí yàngdàochùpiāo bó
广阔的天地随我像水上的浮萍一样到处漂泊。

そして水に漂う浮き草のような私は、広々とした天地を自由にさすらいゆく。

語句の意味

丝线	絹糸	写成	書き上げる
织出	織り出す	全靠	（すべて〜に）頼る
彩色	カラー	情投意合	意気投合する
天幕	幕のように大地を覆う空	畅谈	思い存分語り合う
伴随	伴う	个中	このうち。その中
点缀	飾る	妙趣	素晴らしい趣
柔嫩	若くて柔らかである	广阔	広々としている
使	〜させる	随	任せる
轻松	気軽に	浮萍	浮き草
愉悦	愉快だ	一样	同様である
进入	入る	到处	至る所
梦境	夢の世界	漂泊	さすらう
能够	できる		

zhè gū tiān xià rì hé yuán
12. 鹧鸪天 夏日河原

zhòng xià hé yuán rì rì xīn
仲夏河原日日新，

yān hóng chà zǐ shèng sān chūn
嫣红姹紫胜三春。

liǔ tiáo diǎn shuǐ zhēng cháng duǎn
柳条点水争长短，

chú lù xián bō shì qiǎn shēn
雏鹭衔波试浅深。

fēng dié wǔ lǐ táo fēn
蜂蝶舞，李桃芬，

lí nú mò cǎo xù fēng xūn
狸奴没草煦风薰。

liáng chá zhǐ shàn ér shí qǔ
凉茶纸扇儿时曲，

yí lù qīng gē guò xiǎo cūn
一路轻歌过小村。

語句の意味

鹧鸪天	詞牌名
河原	川辺。川原
日日	日増しに
嫣红姹紫	艶かな紫と赤
胜	（〜に）勝る
三春	春の三か月

柳条	柳の枝	狸奴	猫の別称
点水	水面に垂らす	没草	草にもぐる
争	争う	煦风	暖かい風
雏鹭	子サギ	薰	薫りが漂う
衔波	(クチバシで)川(の深さ)をさぐる	凉茶	冷たいお茶
试	試す	纸扇	紙の団扇
浅深	深さ	儿时	幼時。幼い頃
蜂蝶	蜜蜂と蝶々	曲	歌
舞	舞う	一路	道すがら
李桃	スモモと桃の木	轻歌	軽やかな歌
芬	薫りが漂う	过	通る

解説

ある夏の日の川辺の景色を詠んだ作品である。日々異なる表情を見せる仲夏の移ろいを、柳、桃、スモモ、草原と白鷺、蜜蜂、蝶、猫の描写を通じて表現している。

第三、四句の動詞“争、试”で柳の枝と雛鳥を擬人化させ、第五、六句の“芬、没、薰”により静中に動あり、文字だけで読者にあたかも景色が目の前に広がり、そこに漂う夏の匂いを嗅いでいるかのような感覚を与える効果を生んでいる。すくすくと伸びゆく草木、活気みなぎる情景に心は伸び伸びと解き放たれ、童心に返った作者は思わず童謡を口ずさむ。

現代口語訳

zhòng xià de hé pàn fēng jǐng yì tiān bǐ yì tiān měi lì
仲夏的河畔风景一天比一天美丽。

仲夏、川辺の風景が日一日と美しさを増す。

wàn zǐ qiān hóng de jǐng sè shèng guò le chūn tiān
万紫千红的景色胜过了春天。

彩り鮮やかなその景色は春にも勝る。

liǔ shù de zhī tiáo zhēng zhe lüè guò shuǐ miàn hǎo xiàng zài bǐ shì cháng duǎn
柳树的枝条争着掠过水面，好像在比试长短，

柳の枝はその長さを競うかのように川面を掠め、

gāngchūcháo de bái lù bǎ xiǎo zuǐ shēndào hé li　　yě xǔ shì zài shì tànshēnqiǎn
刚出巢的白鹭把小嘴伸到河里，也许是在试探深浅。

巣立ったばかりの白鷺はその小さな嘴で深さを測っているかのように河水に顔をうずめる。

mì fēng hé hú dié fēi wǔ　　lǐ shù hé táoshùsàn fā zhefēnfāng
蜜蜂和蝴蝶飞舞，李树和桃树散发着芬芳，

蜜蜂と蝶が舞い、スモモと桃の木が芳香を放つ。

rè fēngchuī lai　　bǎ zài yuán yě shangbēnpǎo de māomò rù cǎo li
热风吹来，把在原野上奔跑的猫没入草里。

暖かい風が草の葉を揺らし、野原を駆ける猫を覆い隠す。

wǒ bēi zheliángchá　　yáozhe zhǐ shàn　　hēngzhe ér shí de gē yáo
我背着凉茶，摇着纸扇，哼着儿时的歌谣，

私は冷えた茶を肩にかけ、扇子をを揺らし、幼い頃の唄をつい口ずさみながら、

qīngsōng de zǒuguo le zhèi ge xiǎoxiǎo de cūnzhuāng
轻松地走过了这个小小的村庄。

この小さな村をのんびりと歩いていった。

語句の意味

河畔	川岸	散发	放っている
一天比一天	日増しに	芬芳	かぐわしい香り
万紫千红	彩りが多様であること	吹来	吹いてくる
胜过	（～に）勝る	把	～を
枝条	枝	原野	野原
掠过	掠める	奔跑	じゃれる
好像	～ようだ	没入	沈む。もぐる
比试	勝負する	背	背負う
刚	～ばかり	摇	扇ぐ
出巢	巣立つ	哼	口ずさむ
伸到	（～まで）伸ばす	轻松	気楽である。気軽に
也许	かもしれない	走过	（歩いて）通過する
试探	探る	村庄	村

13. 踏莎行 端午节 诗人节

tà suō xíng　Duān wǔ jié　shī rén jié

méi xìng chū huáng
梅杏初黄，

Duānyáng jiù yǔ
端阳旧雨，

xīn suí yún zhàn guī xiāng lǐ
心随云栈归乡里。

chāng pú ruò zòng bàn cháng gē
菖蒲箬粽伴长歌，

zhū yú chā jiù lóng chuán qǐ
茱萸插就龙船起。

Qū zǐ xíng yín
屈子行吟，

Jìng jié qīng qǔ
靖节清曲，

Tài bái xiān jìng chí sī lǚ
太白仙境驰思缕。

néng dé yì yùn fù shī háng
能得逸韵赋诗行，

tiān yá zǒu biàn cún zhī jǐ
天涯走遍存知己。

語句の意味

語句	意味
踏莎行	詞牌名
梅杏	梅と杏
初黄	黄色くなったばかり
端阳	端午節の別称
旧雨	なじみのある雨。杜甫『秋述』では昔からの友人を指す表現として使用された。
随	～について。従う
云栈	雲まで届くほど高く連なる桟道。白居易『長恨歌』に“云栈萦纡登剑阁”という句がある。
乡里	郷里。故郷
箬粽	ちまき
伴	伴う
茱萸	サンシュユ。グミ
插就	飾り終える。飾り付ける
龙船	ドラゴンボート
屈子	屈原
行吟	歩きながら詩を吟じる
靖节	陶淵明の諡（おくりな）
清曲	格調の高い詩
太白	李白の字
仙境	仙人の住む世界
驰	馳せる
思缕	思い。情緒
逸韵	群を抜いて優れた詩
赋	詩を作る
天涯	天の果て
走遍	あまねく歩く
知己	自分の心をよく知っている人

解説

旧暦五月五日の端午節は、愛国詩人の屈原を記念し定められた節句とされているため、詩人節とも呼ばれる。

詩の前半は、様々な風物を目にして故郷の端午節の風習を懐かしく思い返す作者の心情を描き、後半では、屈原をはじめとする三大詩人についてそれぞれの特徴を簡潔にまとめたのち、己も彼らのように詩を通して友と交流し、あちこち歩きながら詩を吟じたいものだという自身の願望を表現している。

現代口語訳

qīngméi hé lǜ xìng kāi shǐ fàn huáng de Duān wǔ shí jié
青梅和绿杏开始泛黄的端午时节，

梅と杏子の実が黄色くなり始める端午節に、

xià qǐ le sì céng xiāng shí de yǔ
下起了似曾相识的雨，

旧友のような親しい雨が降り始めた。

wǒ de xīn hǎoxiàng dēngshang gāosǒng rù yún de zhàndào huí dào le gù xiāng
我的心好像登上高耸入云的栈道回到了故乡。

おかげで私は、雲の中へ伸び続いている桟道を登り抜け、我が故郷に帰り着いたような気分になる。

rénmen yì biān cǎi zhe chāng pú bāo zhe zòng zi yì biān chàng zhe yōuyuǎn de gē
人们一边采着菖蒲，包着粽子，一边唱着悠远的歌，

そこでは人々が菖蒲を摘みながら、粽を包みながら、古い歌を歌っていて、

zài ménpáng chāhǎo le qí qiú shén fó bǎoyòu de zhū yú zhī hòu jiù huá qǐ le lóngchuán
在门旁插好了祈求神佛保佑的茱萸之后，就划起了龙船。

玄関の両脇に神のご加護を願うサンシュユを挿し終えると、いそいそとドラゴンボートを漕ぎ始める。

Qū Yuán sì chùzhōuyóu kǔ yín ài guó zhī gē
屈原四处周游，苦吟爱国之歌，

屈原はあちこち旅をしながら、心尽くして愛国の詩を吟じ、

Táo Yuānmíng xiě chu le gāo jié de shī jù
陶渊明写出了高洁的诗句，

陶淵明は高潔な詩句を紡ぎ出し、

Lǐ Bái wǎn rú zài xiānjìng li zònghéng chí chěng xiǎngxiàng fēi fán
李白宛如在仙境里纵横驰骋，想像非凡。

李白は仙境を自由に飛び舞うかの如く思いを馳せ、超俗であった。

yào shi néng xiàng tā men nà yàng xiě chu zhuó ěr bù qún gāo yǎ liú chàng de shī lai
要是能像他们那样，写出卓尔不群，高雅流畅的诗来，

もしも彼らのように卓越した、高尚で、優雅で、流れるような詩を詠むことができるなら、

zǒu biàn tiān xià dào chù dū huì yǒu zì jǐ de zhī yīn
走遍天下，到处都会有自己的知音。

あまねく天下を巡り、その全ての地に知己を得ることだろう。

語句の意味

泛黄	黄色み帯びる	划起	漕ぎ始める
下起	降り始める	苦吟	心尽くして吟じる
似曾相识	かつての知り合いのようだ	高洁	高潔である
高耸入云	高く雲中に聳える	宛如	まるで～ようだ
采	摘み取る	纵横驰骋	縦横無尽に駆け回る
包粽子	ちまきを作る	要是	もし～ば
悠远	遠く久しい	卓尔不群	断然群を抜いている
门旁	玄関の両側	高雅	高尚で優雅である
插好	ちゃんと差し込む	到处	至る所
祈求	心より願う。祈る	会	～はずである。可能性がある
神佛	神と仏	知音	心を知り合った友
保佑	加護する。守る		

雨中太湖（王 占華　撮影）

14. 五言绝句 夏夜

wǔ yán jué jù xià yè

yuè sè yǎn fēng líng
月色掩风铃，

qīng xī rào gǔ téng
清溪绕古藤。

xún gāo xí dì zuò
寻高席地坐，

zuì yǎn shǔ liú yíng
醉眼数流萤。

語句の意味

月色	月の光	古藤	老藤
掩	遮る	寻高	高いところをさがす
风铃	風鈴	席地	地面に（座る）
清溪	清らかな谷川	数	数える
绕	回る	流萤	舞い飛ぶホタル

解説

僅か四句の中で、夏の夜の光や音、自然そして人間を描き、読者の眼前に涼やかで静謐な、情緒溢れる情景を展開させる作品である。第一句の“掩”で、明媚な月光の下、どこからともなく風鈴の音だけが聞こえてくる夜の光景を想像させ、第二句の“绕”は老藤がうねうねと伸びている様子を表す。第三句の“寻高”と“席地”は作者が自由気ままにさすらいながら夜に溶け込んでいく姿を浮かび上がらせ、第四句の“醉眼”がその原因を導き出すとともに、後続の“数流萤”の伏線にもなっている。作者は果たして酔っているのか、いないのか。なお“流萤”は、唐朝の杜牧の『秋夕』中の“轻罗小扇扑流萤(軽羅の小扇に流蛍を捕ふ)”を出典とする。

現代口語訳

míngmèi de yuèguāng li chuán lai le fēnglíng de xiǎngshēng
明媚的月光里，传来了风铃的响声，

明媚な月光のもと、どこからか風鈴の音が聞こえ、

xiǎo lù páng de xī shuǐbian chánrào zhe wānyán de lǎo téng
小路旁的溪水边，缠绕着蜿蜒的老藤。

小道のそばの小川の水辺にはうねうねと老藤が絡み合っている。

wǒ zhǎo le yí gè gāodiǎnr de dì fang zuò xia
我找了一个高点儿的地方坐下，

私は少し高いところを探して腰を下ろし、

zuì yǎn ménglóng de shǔ zhe fēi lái fēi qù de yè yíng
醉眼朦胧地数着飞来飞去的夜萤。

酔眼朦朧と飛び交う蛍を数える。

語句の意味

明媚	（月光が）美しい	找	さがす
传来	（音が遠くから）伝わってくる	坐下	腰を下ろす
响声	音	醉眼朦胧	酔眼もうろうとしている
旁	（～の）そば。かたわら	飞来飞去	飛び交う
缠绕	巻き付ける	夜萤	ホタル
蜿蜒	うねうねと延びている		

qī yán jué jù　hé táng xià sè

15. 七言绝句 荷塘夏色

jǐ tuán zǐ wù guà qīng luán
几团紫雾挂青峦，

bǎi zhuàn huáng lí jiàn bì quán
百啭黄鹂溅碧泉。

mǎn dì hóng huā fú lǜ cǎo
满地红花扶绿草，

yī chí fěn shuǐ luò tiān lán
一池粉水落天蓝。

語句の意味

荷塘	蓮池
夏色	夏の景色
团	丸めたものを数える助数詞
紫雾	紫色の霞
青峦	連山。群峰
百啭	抑揚があって美しい（鳴き声）
黄鹂	ウグイス
溅	飛び散る
碧泉	濃い青色の泉
扶	引き立てる。
粉水	ピンク色の蓮池
落	落ちる
天蓝	空色

解説

中国語には“春色、秋色”という表現はあるが、“夏色、冬色”はない。おそらく、夏と冬という季節の色味が単調なせいであろう。本詩は蓮沼を観察する作者の視点から八色の対比を用いて“夏色”を表現したものである。

各句の第三文字に全て色を表す漢字を用い、各句の尾部にも四種類の色を含ませており、「紫と青」、「黄と碧」、「红と绿」、「粉と蓝」といった対比を実現させている。

また、各句の第一と二文字は全て数量を表し、第五文字には動詞をそれぞれ用い、形式上でも完全な対比がなされている。

第三句では“红花还得绿叶扶(赤い花は緑の葉に引き立てられる)”の諺に対し、その意味に相反する表現を用いて、夏の山々に咲き誇る花々と草木の緑との対比が醸し出す風情を描写し、読者に“夏色”のすがすがしさを感じさせる作品となっている。

現代口語訳

jǐ duǒ zǐ sè de cǎi xiá guà zài qīng sè de shānfēngshang
几朵紫色的彩霞挂在青色的山峰上，

紫色の雲が青い山脈にかかり、

yì yángdòngtīng de huáng lí jiàoshēng zài qīngquán de shuǐmiànshangjiàn qi xì bō
抑扬动听的黄鹂叫声在清泉的水面上溅起细波。

美しいウグイスの鳴き声が静謐な清泉にさざ波を立てる。

mànshānbiàn yě de hónghuā péi chènzhe bì lǜ de xià cǎo
漫山遍野的红花陪衬着碧绿的夏草，

野山を覆う赤い花々は青々とした草木の緑を引き立たせ、

kāi mǎn hé huā de fěn sè chí tángyìngzhàozhe lán tiān
开满荷花的粉色池塘映照着蓝天。

満開の蓮の花で薄紅色に染まったかのような池の面には、夏の青空が照り輝いている。

語句の意味

彩霞	美しい雲や霞	漫山遍野	野山に遍く
山峰	峰	陪衬	引き立たせる
抑扬动听	抑揚があり聴きごたえがある	开满	至る所に咲いている
清泉	清らかな泉	映照	照らし出す
细波	さざ波	蓝天	青空

yú gē zǐ　shǔ rì dēngshān

16. 渔歌子　暑日登山

bù yìng yán yáng shuǐ zuò yān

不映炎阳水作烟，

miǎo wéi yún wù hù qīng shān

缈为云雾护青山。

shān zhōng wù　wù zhōng shān

山中雾，雾中山。

wǒ zài shān wù shuǐ yún jiān

我在山雾水云间。

語句の意味

渔歌子	詞牌名	缈	かすかな
映	映る	云雾	雲と霧
炎阳	真夏の焼け付くような太陽	护	守る
作烟	水蒸気になる。煙になる		

解説

真夏の雲霧立ち込める山の中での、作者の想像を詠んだものである。きっと水は、横柄に照りつける太陽を自身の水面に映したくなくて、自ら霧となりこの青い山を覆い守っているのではなかろうか。そして作者も今その水の保護に共に包まれている。それはまるで、山、水、霧、人間全てが一体となったかのようだ。

現代口語訳

bú yuàn gěi yán rè de tài yáng dāng jìng zi　shuǐ huà chéng le zhēng qì
不愿给炎热的太阳当镜子，水化成了蒸气，

水は灼熱の太陽に鏡扱いされることを疎み、蒸気となった。

yòu shēng téng wéi piāo miǎo de yún wù　lǒng zhào hù wèi zhe qīng shān
又升腾为缥缈的云雾，笼罩护卫着青山。

蒸気は模糊とした霧となり高く立ち込め、青い山を守るかのように覆いかぶさる。

shān li mí màn zhe wù　wù zhōng yǎn cáng zhe shān
山里弥漫着雾，雾中掩藏着山，

山の中に霧が立ち込め、霧の中に山が隠れ、

wǒ zài qīng shān hé yún wù zhī jiān
我在青山和云雾之间。

そして私は、その青い山と霧との間に佇んでいる。

語句の意味

愿	甘んじて～する
炎热	とても暑い
当	～になる
镜子	鏡
化成	変化する
升腾	高く立ち込める
缥缈	ぼんやりした。かすかな
笼罩	覆う
护卫	保護する。守る
弥漫	（一面に）立ち込める
掩藏	隠す

17. 五律　暑假看焰火
wǔ lǜ　shǔ jià kàn yàn huǒ

zhuō liáng xíng bì yě
捉　凉　行　碧　野，

bù bù rào téng luó
步　步　绕　藤　萝。

lǐ jiàn zhú qīng xiù
里　涧　竹　清　秀，

shān táng shù niǎo nuó
山　塘　树　袅　娜。

chán míng liáo jìng shuǐ
蝉　鸣　撩　镜　水，

què yǐng yù yún hé
鹊　影　浴　云　河。

rì huàn zhōu tiān cǎi
日　换　周　天　彩，

yān huā gòng duì zhuó
烟　花　共　对　酌。

語句の意味

焰火	花火。“烟火”“烟花”とも言う。	绕	迂回する
捉凉	日陰の涼しい所を選んで（歩く）	藤萝	シナフジ。藤
碧野	緑野	里涧	（山の中の）谷川

清秀	秀麗である	云河	雲海
山塘	山地の池	换	かわる
袅娜	柔らかく細長いさま	周天	空一面。空いっぱい
撩	手で水を掬ってまく	彩	彩り
镜水	鏡の面のような流れない水	烟花	花火
鹊影	カササギの影	对酌	差し向かいで杯を酌み交わす

解説

夏の夜の花火大会と言えば、夏の風物詩そのものである。タイトルを一見した読者は、澄んだ夜空に色とりどりの花火が煌めく映像を想像するであろう。本詩は、その美しい場面を読者の脳裏に留めつつ、花火を見に向かう道すがらの景色を描くことに重点を置き、花火そのものには軽く触れる程度に留めている。夜空を彩る花火を観るのはもちろん楽しみなことであるが、浮き浮きとした気持ちで花火大会に向かう道中の風景を味わうことも、これまた一興であるのだ。

そして、地上の景色を通り抜け、空の花火を見上げたとき、天上界と人間界が一体化した別世界の美を味わうことができるだろう。

現代口語訳

wǒ xúnzhǎozhe yīnliáng　zǒu zài lǜ sè de shān yě li
我寻找着阴凉，走在绿色的山野里，

　　緑濃い山の中、日陰を求めて歩く私を、

měi yī bù dōuyàoduǒ kāi wānyánchánrào de téngwàn
每一步都要躲开蜿蜒缠绕的藤蔓。

　　長く伸びる藤の蔓がからかうように邪魔をする。

xiǎo xī liǎngpáng de zhú zi qīng cuì tǐng bá
小溪两旁的竹子青翠挺拔，

　　小川のほとりには青々とした竹が整然と揃い立ち、

chí táng sì zhōu de xiǎoshù róu měiduō zī
池塘四周的小树柔美多姿。

池の周りの木々はたおやかに様々な表情を見せる。

chán de jiàoshēng zài shuǐmiànshang jī qǐ lián yī
蝉的叫声在水面上激起涟漪，

蝉の鳴き声が池の水面を震わせ、

fēi xiáng de xǐ quèhǎoxiàng zài bó yún li mànyóu
飞翔的喜鹊好像在薄云里漫游。

空を舞うカササギは、薄雲の中を自由気ままに漂う。

tiānjiāngwǎn míngmèi de rì guānghuànchéng le mǎntiān de cǎi xiá
天将晚，明媚的日光换成了满天的彩霞，

暮れゆく空、昼間の美しい陽射しはやがて満天の夕焼けへ、

yānhuāténgkōng ér qǐ xiàng hé wǒ yì tóng jǔ bēi chàng yǐn
烟花腾空而起，像和我一同举杯畅饮。

そしてようやく空に打ち上がった花火は、私と同じように杯を挙げ酒を愉しんでいるかのようだ。

語句の意味

寻找	捜す
阴凉	日陰
躲开	よける。避ける
蜿蜒	うねうねと（伸びる）
缠绕	巻き付ける
小溪	小川
青翠	青々としているさま
挺拔	直立して聳えている
池塘	池
四周	周囲
多姿	姿態がバラエティーに富んでいる
叫声	鳴き声
激起	（さざ波を）立たせる
涟漪	さざ波
飞翔	飛ぶ
喜鹊	カササギ
薄云	薄い雲
漫游	自由に動き回る
将晚	暮れゆく
明媚	美しい
满天	空いっぱい
彩霞	美しい雲や霞
腾空而起	空に舞い上がる
举杯	杯を挙げる
畅饮	痛飲する

qī yán jué jù　fú shǔ huái xiāng

18. 七言绝句 伏暑怀乡

shǔ hán yì jié zǒng dāng guī

暑寒易节总当归，

mèng yǐ jiā shān jiǔ xiāng wéi

梦倚家山久相违。

yáo xiǎng gù yuán sān fú rì

遥想故园三伏日，

dào wā shēng li yàn dī fēi

稻蛙声里燕低飞。

語句の意味

伏暑	暑い盛り。真夏
怀乡	故郷を思う
暑寒易节	季節の変わり目
当归	帰らなければならない
家山	我が家の周りの山々。李賀『崇義理滞雨』に“家山远千里”という句がある。
相违	別れる
遥想	回想する
故园	故郷
倚	寄り掛かる
稻蛙	水田の中の蛙

解説

景物の描写と心情の叙述を溶合させ、自らの心境を景色に託し吟じた詩である。前半二句で、季節の移り変わりと夢の世界を通じて故郷を想う気持ちを描き、後半二句は、故郷の夏景色の記憶を詠んでいる。三伏と言えば、まずは酷暑を思い浮かべるものだが、本詩では実家の周りの山々、蛙鳴く水田、低く飛ぶ燕等を描くことにより、親密で心地よく、情緒に満ちた田園風景を表現している。

現代口語訳

jì jié biànhuàn de shí houzǒngyīng gāi huí qu kànwàng
季节变换的时候总应该回去看望，

季節の変わり目にはいつも必ず、親を案じ帰省すべきなのに、

lí bié zǒng zài mèng lǐ qīn jìn de xiāng tǔ yǐ jīnghěn jiǔ hěn jiǔ le
离别总在梦里亲近的乡土已经很久很久了。

いつも夢の中では近しい故郷と別れて、随分経ってしまった。

wǒ yòuxiǎng qi le sān fú shí jiā xiāng de jǐng sè
我又想起了三伏时家乡的景色，

私は改めて盛夏の故郷を思い起こす。

shuǐtián li chuánchushēngshēng wā míng yàn zi dī dī de fēi wǔ pánxuán
水田里传出声声蛙鸣，燕子低低地飞舞盘旋。

水田から沸き上がる蛙の大合唱の中を、燕が静かに横切っていく、あの景色を。

語句の意味

变换	変わる	乡土	故郷
总	いつも	传出	伝えてくる
看望	（年長者や友人を）訪ねる。見舞う	三伏	夏の最も暑い時期
离别	別れる	蛙鸣	蛙の鳴き声
梦里	夢の中	飞舞	舞う
亲近	親しくする	盘旋	旋回する

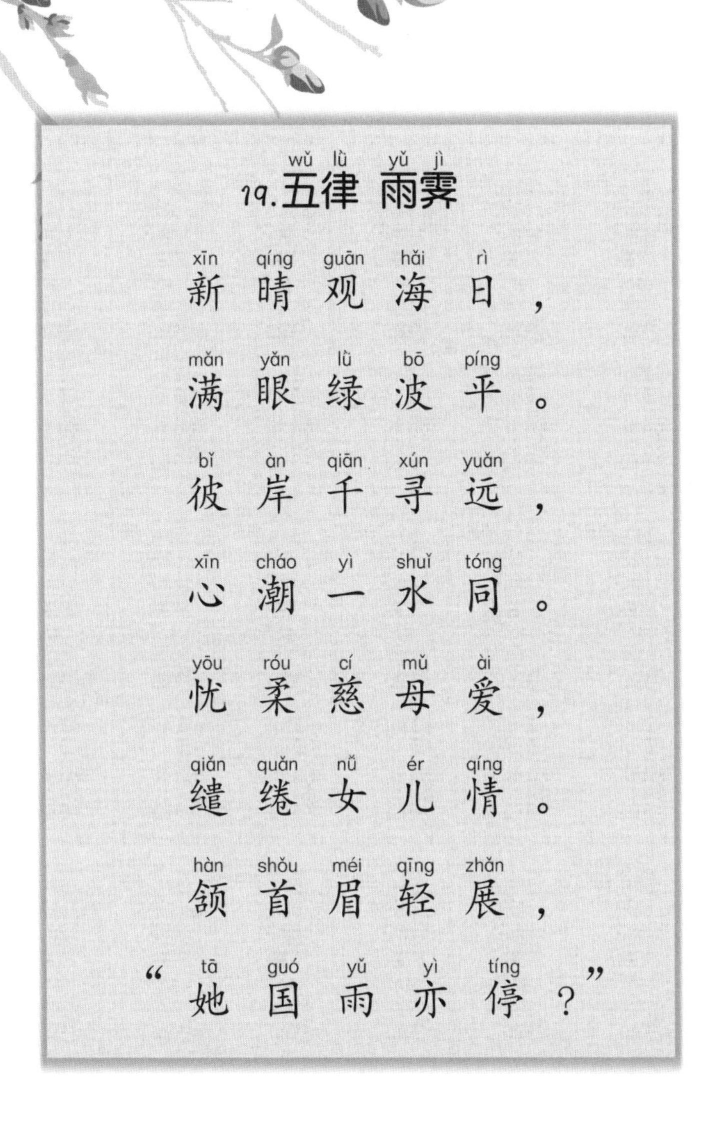

wǔ lǜ yǔ jì
19.五律 雨霁

xīn qíng guān hǎi rì
新晴观海日，

mǎn yǎn lǜ bō píng
满眼绿波平。

bǐ àn qiān xún yuǎn
彼岸千寻远，

xīn cháo yì shuǐ tóng
心潮一水同。

yōu róu cí mǔ ài
忧柔慈母爱，

qiǎn quǎn nǚ ér qíng
缱绻女儿情。

hàn shǒu méi qīng zhǎn
颔首眉轻展，

tā guó yǔ yì tíng
“她国雨亦停？”

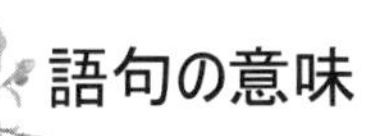

語句の意味

雨霁	雨が上がり空が晴れる	观	眺める
新晴	晴れたばかりである	海日	海と太陽

满眼	視野いっぱい。見渡す限り		
绿波	青い波	忧柔	心配する優しい気持ち
彼岸	（大洋の）向こう岸	缱绻	情が深く離れがたい
寻	古代の長さの単位、一寻＝約2.6メートル	女儿	娘
		亦	も
心潮	感情。気分	领首	うなずく
一水	ひとすじの水流。李白『横江詞』に“一水牵愁万里长”という句がある。	眉轻展	（そっと）眉を開く

解説

海岸の堤防に佇む母親が、海の向こうに離れて暮らす娘を想う心情を詠んだものである。遠く隔たれているけれど、眼前の海が二人の心を繋げているのだと母は思う。同じ地球の上でありながら、異なる地、時差、真逆の昼夜、季節も天気も何もかもが異なる遠い国。しかし母は、雨が降ると、娘の彼の地でも雨が降り、雨が上がると、向こうの雨も止んだかと思う。慈母が娘を心配する気持ちがありありと立ち現れてくる。

現代口語訳

yǔ guò tiān qíng　mǔ qīn zhàn zài hǎi àn shang tiào wàng xīn yáng
雨过天晴，母亲站在海岸上眺望新阳，

雨あがり、母親が海辺に佇み、晴れ間に覗く太陽を仰いでいる。

hǎi miàn yǐ jīng fēng píng làng jìng
海面已经风平浪静。

凪いだ海は、とても穏やかに見える。

dà yáng de liǎng àn suī rán xiāng gé yáo yuǎn
大洋的两岸虽然相隔遥远，

大海の両岸は互いに遠く離れているけれど、

dàn shì yí wàng wú jì de hǎi shuǐ bǎ mǔ nǚ lián zài yì qǐ
但是一望无际的海水把母女连在一起。

果てしなく広がるこの海こそが、母と娘を繋げているのだ。

dà hǎi chuánsòngzhe mǔ qīn chōngmǎndānyōu hé wēnróu de ài yì
大海传送着母亲充满担忧和温柔的爱意，

この広い海が、溢れんばかりの母の憂慮と慈悲深い愛情を運び、

yě fù zài zhe nǚ ér juànliàn mǔ qīn de shēnqíng
也负载着女儿眷恋母亲的深情。

そして同じように娘の母を想う情愛を母親の元へ届ける。

mǔ qīn qīngqīng de diǎntóu zì yán zì yǔ
母亲轻轻地点头，自言自语：

海を望む母が微かに頷き、静かに微笑みながらこうつぶやく。

tā nà lǐ de yǔ yě tíng le ba
“她那里的雨也停了吧？”

「そっちの雨も、止んだかい？」

語句の意味

雨过天晴　雨が上がってきれいな青空が見える

眺望　眺める

新阳　雨が上がった後に出た太陽

风平浪静　風は凪ぎ、波は静かである

相隔　隔たる

遥远　遙か遠い

一望无际　望むところ際限がない

连在一起　～につながっている

传送　伝える

担忧　心配する

温柔　優しい

负载　載せている

眷恋　深く心にかける

深情　深い感情

点头　うなずく

自言自语　独り言を言う

她那里　彼女のところ

qī lǜ Sōng dǎo

20. 七律 松岛

zhāo huī xìn bǐ xiě yān xiá
朝晖信笔写烟霞，

yún shù pó suō xiǎn wù huá
云树婆娑显物华。

màn zǒu Bā jiāo cháng lǚ lù
漫走芭蕉长旅路，

yáo sī Tài bái biàn yóu yá
遥思太白遍游涯。

Hé pái Hàn lǜ tóng chí xù
和俳汉律同驰绪，

Yǔ yù Fú sāng gòng pǐn chá
禹域扶桑共品茶。

chàng bà Táo yuán yín hǎi kuò
唱罢桃园吟海阔，

dí xīn duì yuè zài tīng wā
涤心对月再听蛙。

語句の意味

朝晖	朝日の光	婆娑	揺れる
信笔	筆に任せる	显	現れる
烟霞	もやと霞	物华	万物の精華
云树	高い樹木	漫走	そぞろ歩きをする

长旅　長い旅

遥思　遙か昔に思いを馳せる

太白　李白

遍游　遍歴する

涯　生涯

和俳　俳句

汉律　漢詩

驰绪　思いを馳せる

禹域　中国

扶桑　日本

品茶　茶の味や香りをみる

桃园　李白の『春夜宴桃李園序』を指す。芭蕉が『おくのほそ道』の冒頭でこの作品を引用した。

吟　吟する

阔　広い

涤心　心を入れ替える。(新しい視点から作品を読むという意)

听蛙　蛙の鳴き声を聞く。「蛙」は芭蕉の「古池や蛙飛びこむ水の音」を指す。

解説

宮城県仙台市に、芭蕉の記念句碑と太白山がある。後者は偶然にも李白の字と同じ名称となるが、松島を訪れた作者は、松尾芭蕉と李白が日本と中国の文化史上に重要な足跡を印した偉大な詩人であったことを改めて想起する。「俳聖」と「詩仙」は作品の形式も生きた時代も全く異なるものの、両者とも由緒ある山河を遍歴し、祖国の景勝地からインスピレーションを得て創作を行う等、共通点もある。唐の王勃は名句“物华天宝，人杰地灵（豊かな産物は天の恵みであり，優れた人間はその土地の霊気が育むもの）”を詠み、作家の老舎は松島の句碑の前で“芭蕉尊自然（芭蕉は自然を尊ぶ）”との句を残した。美しい土地が偉大な詩人を育むというのは両国とも同じである。

現代口語訳

zǎochen de yángguānghuàchu le mǎntiān cǎi xiá
早晨的阳光画出了满天彩霞，

朝日が光の筆に任せて大空に朝焼けを描き出し、

gāosǒng rù yún de dà shùxiǎn lù chu zì rán de měi lì
高耸入云的大树显露出自然的美丽。

天高く聳え立つ大樹は自然の美を体現している。

wǒ màn bù zài Bā jiāocéngjīngzǒuguo de lǚ tú shang
我漫步在芭蕉曾经走过的旅途上，
　　かつて芭蕉が歩いた旅路を一歩一歩自ら辿るうち、

xiǎng qi le Lǐ Báizhōuyóutiān xià de zú jì
想起了李白周游天下的足迹。
　　李白が残した巡歴の足跡を思い起こす。

pái jù hé lǜ shī hányǒu lèi sì de yì jìng
俳句和律诗含有类似的意境，
　　俳句と律詩は相似た詩境を含み、

qià rú liǎngguó duì cháyǒuzhegòngtóng de shì hào
恰如两国对茶有着共同的嗜好。
　　それは茶に対する両国共通の嗜好のようなものである。

lǎngsòng le Lǐ Bái de shī zhī hòugènggǎnshòudào hǎi de liáokuò
朗诵了李白的诗之后更感受到海的辽阔，
　　李白の詩を朗唱した後に海を眺めると、一層その広さに感じ入る。

wǎnshang wǒ yào zài yuèguāng xia chóng yín Bā jiāo de pái jù
晚上我要在月光下重吟芭蕉的俳句。
　　今宵は月光の下、改めて芭蕉の俳句を吟じてみよう。

語句の意味

早晨	朝	足迹	足跡
彩霞	朝焼け	含有	含まれる
高耸入云	空高く聳ええ立っている	类似	似ている
显露	現れる	恰如	まるで～ようだ
漫步	そぞろ歩きをする	嗜好	好み
曾经	かつて	朗诵	朗唱する
旅途	旅路。旅行の途中	辽阔	広大である
想起	思い出す	重吟	再び吟詠する
周游天下	国中をくまなく巡る		

21. 长相思 寄大洋彼岸稚友

chángxiāng sī　jì dà yáng bǐ àn zhì yǒu

cǎo wū yáo
草屋遥，

zhì qù yáo
稚趣遥，

zhuī què xué chán guò xiǎoqiáo
追雀学蝉过小桥，

xié jūn cǎi yě táo
携君采野桃。

lù tiáo tiáo
路迢迢，

shuǐ tiáo tiáo
水迢迢，

zǒngxiàng liú tāo shuō rǔ cáo
总向流涛说汝曹。

huò cháng tīng hǎi cháo
或常听海潮？

語句の意味

长相思	詞牌名	草屋	草ぶきの家
寄	寄せる	稚趣	児童の趣味
大洋彼岸	はるか大海原の向こう岸	过	渡る
稚友	幼い時の友達	携	連れる

采	摘み取る
野桃	野生の桃
迢迢	遥か遠いさま
总	いつも
向	向いて
流涛	流れている波
汝曹	君。君たち
或	ひょっとしたら
常	よく
听	聴く
海潮	潮

解説

子供の頃の遊び仲間とは、幼少時代と同じく人生の美しい思い出として忘れ難きものである。本詩は、幼年期に友と遊んでいる場面を通して様々な出来事を思い返したのち、海の彼方に住む幼馴染みを懐かしむ気持ちを訴えかけている。

現代口語訳

hái jì de yǐ qiánzhùguo de cǎofáng ba
还记得以前住过的草房吧?

君はまだ、昔住んでいた藁葺き屋根の家を覚えているかい?

hái jì de xiǎoshí hou de nà xiē yǒu qù de yóu xì ba
还记得小时候的那些有趣的游戏吧?

小さいころに遊んだ、あの楽しかった遊びを覚えているかい?

zánmenzhuīgǎn má què mó fǎng zhī liǎo pǎoguòcūn tóu de xiǎoqiáo
咱们追赶麻雀,模仿知了,跑过村头的小桥,

雀を追いかけ、蝉の真似をしながら、村はずれの橋を駆け抜けて、

wǒ dài zhe nǐ qù shānshang cǎi zhāi yě guǒ
我带着你去山 上 采摘野果。

一緒に山の果実を摘みに行ったよなあ。

wǒ men zhī jiān de lù yǒuduōyuǎn
我们之间的路有多远?

我々を繋ぐ道はどれほど遠いのかい?

wǒ men xiāng gé de shuǐ yǒu duō kuān
我们 相 隔的 水 有 多 宽？

我々を隔つ海はどれほど広いのかい？

wǒ zǒng duì zhe tāo tāo de liú shuǐ hé nǐ shuōhuà
我 总 对 着 滔滔 的 流 水 和 你 说 话，

私はいつも、滔滔と流れる水に向かって君に話しかけているんだよ。

nǐ yě cháng cháng líng tīng cháo shuǐ chuán qù de wǒ de shēng yīn ba
你 也 常 常 聆 听 潮 水 传 去 的 我 的 声 音 吧？

君だっていつも、潮騒の中から私の声を聞き取っているんだろう。

語句の意味

还	まだ	跑过	走って通る
记得	覚えている	村头	村はずれ
草房	草ぶきの家	带	連れる
小时候	小さい時	采摘	摘み取る
有趣	おもしろい	野果	野生植物の果実
游戏	遊戯。遊び	多远	どれほど遠い
咱们	私たち。おれたち	相隔	離れている
追赶	追いかける	多宽	どれほど広い
麻雀	スズメ	对着	～に向かって
模仿	まねる	潮水	潮
知了	セミ	传去	伝えてゆく

qī yán jué jù Cháng bái shān Tiān chí

22. 七言绝句　长白山天池

zhāo xíng yán shǔ shuò shí tiān
朝 行 炎 暑 铄 石 天，

wǔ zhì lín tāo yù xuě diān
午 至 林 涛 浴 雪 颠。

bàn rì fāng yuán náng sì jì
半 日 方 圆 囊 四 季，

zhuàng zāi sāng zǐ hǎo jiāng shān
壮 哉 桑 梓 好 江 山。

語句の意味

行	行く。出発する	方圆	周囲。周り
铄石	石を溶かす	囊	包括する
至	到着する	壮	壮麗である
林涛	林の波のようなざわめき	哉	（感嘆を表す）～なあ
浴雪	雪を浴びる	桑梓	桑と梓。郷里を指す
颠	頂上	江山	山河

解説

中国吉林省と北朝鮮の国境にある長白山は、峰々が幾重にも重なり合い、圧倒的な迫力を有する連峰である。山麓から山腰まで原生の森林に覆われ、山頂の天候は目まぐるしく変わる。山麓は炎天の盛夏でも、山腰では春秋のような気候となり、山頂では雪の花が舞う。本詩はその長白山を訪れた作者が、わずか半日の間に四季を通り抜けた体験を記したもので、故郷の山河の素晴らしさを讃えた作品である。

現代口語訳

zǎoshangchū fā shí tiān rè dé yào bǎ shí tourónghuà
早上出发时天热得要把石头溶化，

今朝、石をも溶かす炎天下に出発し、

zhōng wǔ dào le lǜ làngpiāoxuě de shāndǐng
中午到了绿浪飘雪的山顶。

昼には、木々の緑が風に波打ち、雪の舞う山頂に至る。

bàntiān de xíngchéng jiù zǒuguò le chūn xià qiū dōng
半天的行程就走过了春夏秋冬，

僅か半日で四季を巡ることができるとは、

jiā xiāng de shān hé shì duō me zhuàng lì ya
家乡的山河是多么壮丽呀！

故郷の山河はなんと壮麗なのだろう。

語句の意味

要	まもなく	行程	道のり
把	～を	就	だけで
石头	石	走过	通る
溶化	溶かす	家乡	故郷
绿浪	木木の波	多么	なんと
飘雪	雪が漂う	壮丽	壮麗である
半天	半日		

qī yán jué jù　Qīng hǎi hú

23. 七言绝句 青海湖

Dòng tíng bā bǎi Jiāng nán shuǐ

洞庭八百江南水，

kě shèng xī yuán sì hǎi hú

可胜西原似海湖？

wàn diǎn shā ōu bō wù ǎi

万点沙鸥拨雾霭，

mǎn tiān yì cǎi yào qióng lú

满天异彩耀穹庐。

語句の意味

青海湖	中国第一の湖，青海省にある	沙鸥	岸辺や砂洲に集まる水鳥
洞庭	中国第二の湖，湖南省にある	拨	押し動かす。払いのける
江南	長江の南側の広い地域	雾霭	霧と靄
胜	（～に）勝る	异彩	特殊な輝き
西原	西部高原	耀	照らす
万点	万羽	穹庐	丸い毛氈のテント

解説

青海湖と洞庭湖は、中国第一、第二の大きさを誇る湖であり、かつて、洞庭湖の湖面は800平方里（現在は約2,820 km²）にも及んでいた。その洞庭湖があってこそ際立つ青海湖の広大さを描くとともに、青海湖独特の風光を詠んだ作品である。

現代口語訳

Jiāngnán de Dòngtíng hú fāngyuán bā bǎi lǐ
江南的洞庭湖方圆八百里，
　　江南の洞庭湖の湖周は800里、

xī běi gāoyuán de Qīng hǎi hú xiàng hǎi yí yàngliáokuò
西北高原的青海湖像海一样辽阔。
　　西北の高原に佇む青海湖は海とも見紛う。

qiānwàn zhī shuǐniǎo bō yúnchú wù
千万只水鸟拨云除雾，
　　幾千万の水鳥たちが雲を追いやったのか、

qí guāng yì cǎi zhàoyàozheyóu mù mín de zhàngpeng
奇光异彩照耀着游牧民的帐篷。
　　空は神秘的なまでに輝きを放ち、遊牧民のテントを煌めかせている。

語句の意味

語句	意味
方圆	周囲。周り
像～一样	～のようだ
辽阔	広大である
只	羽
拨云除雾	雲が晴れて日が差してくる
奇光异彩	神秘的な光や色彩。湖の水面の反射による空の色
照耀	照らす
帐篷	テント

24. 七律 早秋即景
qī lǜ zǎo qiū jí jǐng

bó chéng tiān mù zhuǎn yōu lán
薄橙天幕转幽蓝，

zhèn chì jīn wū jiàn ǎi rán
振翅金乌渐蔼然。

lǐng shang xíng yún hū dàn yuǎn
岭上行云忽淡远，

shāo tóu zhī liǎo jìng ān xián
梢头知了竟安娴。

jǐ cóng suō diào chuí yín shuǐ
几丛蓑钓垂银水，

yí jiàn qīng xī rù gǔ tán
一涧清溪入古潭。

suì wàng cǐ shān fēi gù lǐ
遂忘此山非故里，

qīng yín jiù jù tàn liú nián
轻吟旧句叹流年。

語句の意味

即景　眼前の景物について吟ずること

转　変わる。転換する

薄橙　薄い橙色

幽蓝　暗い青色

天幕　（大地を覆う）大空

振翅　翼を広げる

金乌	神話伝説の中のカラス、太陽を指す	丛	灌木の群れ
		蓑钓	蓑を着ている釣り人
渐	次第に	垂	（釣り糸を）垂れる
蔼然	穏やかである	银水	きらきら光っている水面
岭上	山の頂上	涧	渓流
行云	流れゆく雲	清溪	清らかな渓谷
忽	突然に	古潭	古池
淡远	（雲が）薄くて遠くなる	遂	ついに
梢头	枝の先端	轻吟	ひそひそ吟ずる
知了	セミ	旧句	以前の詩句
竟	意外にも。なんと	叹	嘆く
安娴	物静かである	流年	過ぎゆく歳月

解説

早秋の風景を描いた作品である。空がオレンジ色から藍色へと変わり、灼熱の太陽も次第に穏やかな表情を見せ始め、蝉の喧騒が収まっていく。目の前に広がる風情ある秋の光景に故郷へ帰ったような錯覚に陥った作者は、思わず馴染みの詩句をつぶやきながら、流れゆく時を思い、一人感慨に耽る。

現代口語訳

qiǎnchéng sè de tiānkōngbiànchéng le lüèshēn de lán sè
浅橙色的天空变成了略深的蓝色，

淡いオレンジ色と深まりゆく紺色が混じり合う空に、

zhǎn chì fèn fēi de jīn tài yángniǎo hé ǎi wēnshùn le
展翅奋飞的金太阳鸟和蔼温顺了。

我が物顔で燃え盛っていた太陽も、しおらしくなった。

shāndǐng de bó yúnpiāo dé hěnyuǎnhěnyuǎn
山顶的薄云飘得很远很远，

山頂にたなびく薄雲は、どこまでもどこまでも伸び、

shùshangmíngjiào bù tíng de zhī liǎojìngrán ān jìng le xia lai
树上鸣叫不停的知了竟然安静了下来。

蝉の喧騒に囲まれていたはずが、いつしか静寂を迎えている。

guàn mù cóngpángyǒu jǐ gè rén zài yín sè de shuǐbiandiào yú
灌木丛旁有几个人在银色的水边钓鱼，

低い茂みのそばで、釣り人たちが銀色に輝く古池に釣り糸を垂れ、

xì xì de xī liú tǎng jìn le gǔ lǎo de chí táng
细细的溪流淌进了古老的池塘。

ほっそりとした渓流がしなやかに流れ込んでいる。

rú cǐ qiū jǐngràng wǒ wàng le zhè lǐ bú shì jiā xiāng
如此秋景让我忘了这里不是家乡，

故郷に帰ったかのような景色を前に、

qíng bú zì jīn de yín qi jiù shī gǎn tàn shí guāng de liú shì
情不自禁地吟起旧诗，感叹时光的流逝。

思わず懐かしい詩が口を衝き、過ぎ去った時の流れに感じ入る。

語句の意味

浅	薄い		～なった
略深	少し濃い	钓鱼	魚釣りする
展翅奋飞	翼を広げ勢いよく飛び上がる	淌进	流れ込む
金太阳乌	神話伝説の中のカラス。ここでは太陽を指す。	古老	古い。古めかしい
		池塘	池
和蔼	穏やかである。優しい	如此	このような
温顺	素直でおとなしい	让	～させる
薄云	薄い雲	情不自禁	思わず
飘	（風に乗って）漂う	吟起	吟じはじめる
鸣叫	鳴く	感叹	感嘆する
竟然	意外にも。なんと	时光	光陰。時の流れ
下来	（動詞の後につき）～た。	流逝	過ぎ去る

25. 鹧鸪天 太湖民居

zhè gū tiān Tài hú mín jū

xún lǐ Jiāng nán guò Tài hú
巡礼江南过太湖，

xīn féng xiè mǎn dào liáng shú
欣逢蟹满稻粱熟。

yōu xiāng zhèn zhèn nóng ér dàn
幽香阵阵浓而淡，

sī yǔ fēi fēi yǒu ruò wú
丝雨霏霏有若无。

wū jiù shù fèng huáng zhú
乌桕树，凤凰竹，

píng tán yuàn luò diǎn hóng zhú
评弹院落点红烛。

jǐ yí huā jìng lián tiān lù
几疑花径连天路，

yī yè shēng gē wàng yuǎn tú
一夜笙歌忘远途。

語句の意味

鹧鸪天	詞牌名	过	通る。訪れる
民居	民宿。民家	欣逢	喜ばしいことに出会う
巡礼	巡り歩く	蟹满	蟹が食べ頃（になる）。蟹の旬

稲粱	稲。宋・呉則禮『呈曽侯』に“鱼蟹初肥稻粱熟”という句がある。	凤凰竹	ホウオウチク
		评弹	評弾（民間芸能の一種）
		院落	庭
幽香	ほのかな香り。幽かな香り	点	火を付ける
阵阵	ひとしきり，またひとしきり	红烛	赤いロウソク
浓	濃い	几疑	何度も疑う
而	且つ	花径	花の咲いている小道
淡	薄い	连	つながっている
丝雨	霧雨	天路	天上の道。極楽への道
霏霏	雨が降りしきるさま。	笙歌	音楽と歌舞
若	～のようである	远途	遠い道。旅路
乌桕树	ナンキンハゼ		

解説

中国の諺“上有天堂，下有苏杭（天には極楽あり、地には蘇州、杭州あり）”は、太湖一帯のことを指す。太湖は、物産豊富で肥沃な地方として有名である。その太湖へ、名物の上海蟹と新米の季節である秋に作者が旅行した際の思い出を詠んだ作品である。前半は時、景物、天候を、後半は滞在した民宿での様子を描いている。詩中に、旨い肴や蟹料理、酒を堪能する様を表す直接的な叙述は一切ないが、“幽香”“笙歌”等の詩句により、作者がたらふく食べ、心ゆくまで飲み、楽しく歌い、愉快に過ごした一時を思い浮かべることができる。

現代口語訳

wǒ zài Jiāngnán de lǚ tú zhōngyóulǎn le Tài hú
我在江南的旅途中游览了太湖，

江南への旅の道中、太湖へ立ち寄ると、

xìngyùn de gǎnshang le xiè féi shàngshì dào mǐ chéngshú de shí jié
幸运地赶上了蟹肥上市、稻米成熟的时节。

そこは運良く、蟹が肥え、米が熟す時節だった。

yǐnyuēchuán lai de xiāng qì hū nóng hū dàn
隐约传来的香气忽浓忽淡，

どこからともなく香しい匂いが漂う中、

cán sī bān de xì yǔ sì yǒu sì wú
蚕丝般的细雨似有似无。

絹糸のような細い雨がちらちらと舞う。

zhù sù de yuàn zi li zhòngzhe lǜ shù xiū zhú
住宿的院子里种着绿树修竹，

宿の庭の木々は瑞々しく青々とし、

fàngzhe píng tán de yīn yuè diǎnzhe tōnghóng de là zhú
放着评弹的音乐，点着通红的蜡烛。

評弾が流れ、ろうそくがゆらゆら揺らめいている。

zhè tiáo kāi mǎn xiān huā de xiǎo lù tōngwǎng tiāntáng ba
这条开满鲜花的小路通往天堂吧？

花いっぱいのこの小道は極楽への道ではなかろうか。

qīng gē màn wǔ de bù mián zhī yè shǐ rén liú lián wàng fǎn
轻歌曼舞的不眠之夜使人流连忘返。

心癒やす歌と踊りに酔いしれる夜、私はとうに帰り道を忘れている。

語句の意味

赶上	（折りよく、うまい具合に）出会う	院子	庭
蟹肥	蟹が食べ頃になる	种着	植えてある
上市	市場に出回る	绿树修竹	緑の木と長い竹
稻米	お米	放着	置いてある
时节	季節。時期	通红	真っ赤な
隐约	かすかに	蜡烛	蝋燭
传来	伝えてきた	开满	（花が）いっぱい咲いている
香气	よい香り	通往	～に通じる
忽浓忽淡	濃くなったり薄くなったり	天堂	天国。極楽
蚕丝	カイコの糸	轻歌曼舞	軽やかな歌と穏やかな舞い
般的	～ような	不眠之夜	眠れない夜
似有似无	あるようなないような	流连忘返	立ち去りがたくて帰るのを忘れてしまう
住宿	泊まる		

26. 蝶恋花 秋之晨

dié liàn huā qiū zhī chén

qī cǎi ní xiá shēng mù yǔ
七彩霓霞生暮雨，

wàn lǐ cháng tiān
万里长天，

yí bì qíng rú xǐ
一碧晴如洗。

yáo yè jīn huáng shān yě qǐ
摇曳金黄山野起，

jǐ shēng bái lù hóng yáng lǐ
几声白鹭红阳里。

zǒng xiàng shí guāng xún miào bǐ
总向时光寻妙笔，

sì shuǐ liú nián
似水流年，

chù chù chí shī lǚ
处处驰诗旅。

qiū sè jiàn shēn shēn ruò xǔ
秋色渐深深若许，

qíng sī xiāng niàn chū xīn dǐ
情思乡念出心底。

語句の意味

語句	意味	語句	意味
蝶恋花	詞牌名	向	に。～から（もらう）
秋之晨	秋の朝	时光	（流れている）時間。光陰
七彩	虹色。（赤澄黄緑青藍紫の）７種類の色	寻	さがす
		妙笔	魅力的な詩句
霓霞	虹と霞	似水流年	水のようにたちまち流れ去る歳月
生	生まれる		
暮雨	夕暮れの雨	处处	至る所
长天	果てしなく広い空	驰	馳せる
一碧晴如洗	雲一つなく晴れ渡っている	诗旅	詩の旅
摇曳	揺らぐ	渐	次第に
金黄	黄金色	若许	このようである
白鹭	シラサギ	情思	家族や友人に対する思い
红阳	赤い太陽	乡念	故郷に対する思い
总	いつも	心底	心の底

解説

雨降りの後、晴れ渡る秋の早朝。景色の中に満ち溢れる生命力と移ろいゆく自然を描くことによって、作者自身の詩情を表現した作品である。秋の朝は美しい。しかしその美しさは過ぎ去る時の流れも同時に感じさせるものである。そして時の流れは愁いや寂しさ、ひいては故郷や家族への思いをも搔き立てる。

現代口語訳

zuówǎn de qiū yǔ shēngchu le zǎochen de cǎi hóng
昨晚的秋雨 生 出了早晨的彩虹，

昨夜の秋雨が、今朝、空に虹をかけさせたらしい。

qiū tiān de qíngkōng
秋天的晴 空，

晴れた秋の空は、

hǎoxiàng bèi shuǐ xǐ guo nà yàng yí bì wànqǐng
好像被水洗过那样一碧万顷。

洗い清められどこまでも澄み渡っている。

shān yě li yáodòngzhe jīn huáng de qiū yè
山野里摇动着金 黄 的秋叶，

山々は黄金色の葉を揺らし、

jǐ zhī bái lù zài yànyáng xia fēi guò
几只白鹭在艳阳 下飞过。

白鷺が眩しい太陽の光の中を横切っていく。

hán lái shǔwǎng zǒng shì dài lai shī qínghuà yì
寒来暑往，总是带来诗情画意，

繰り返す春夏秋冬は、いつも詩や絵のような情緒あふれる表情を見せる。

suí zhe shí guāng de liú shì
随着时 光 的流逝，

流れゆく時の中にいる私は、

wǒ yì zhí jì xù zhezhǎoxún shī yì de xíng lǚ
我一直继续着 找寻诗意的行旅。

詩趣を求め終わらぬ旅を続ける。

miàn duì zhújiànshēn suì de qiū sè
面对逐渐深邃的秋色，

深まりゆく秋色を目の前に、

xīn li yǒng qi le duì qīn rén hé jiā xiāng de sī niàn
心里涌起了对亲人和家 乡 的思念。

家族と故郷への思いが胸に込み上げている。

語句の意味

生出	生まれる。生み出す
早晨	朝
彩虹	虹
一碧万顷	見渡す限り青々としている
摇动	揺らぐ
秋叶	(銀杏の葉のような) 黄色の木の葉
艳阳	明るい太陽
飞过	飛んでいく
寒来暑往	時の流れゆくこと
总是	いつも
带来	もたらしてくる
诗情画意	自然や風景が詩や絵のように美しいこと
随着	従う。共に
流逝	消える。流れ去る
一直	ずっと
找寻	さがす
诗意	詩趣
行旅	旅
面对	～に向かう
逐渐	次第に
深邃	深い。奥深い
涌起	湧き出る
思念	恋しく思う

黄山松（王 占華　撮影）

27.浪淘沙 海岸叙怀
làng táo shā hǎi àn xù huái

bái làng wǎn liú xiá
白浪挽流霞，

xī zhào píng shā
夕照平沙，

hǎi tiān yí huà dàn guī yā
海天一画淡归鸦。

róng cǐ bān lán hé suǒ yì
溶此斑斓何所忆？

wǔ cǎi nián huá
五彩年华。

rěn rǎn dù yú xiá
荏苒度愉暇，

qiū yuè chūn huā
秋月春花，

rè shí liáng jiǔ lěng shí chá
热时凉酒冷时茶。

jī lǚ yì xiāng shú zì lè
羁旅异乡孰自乐？

bǎi wèi shēng yá
百味生涯。

語句の意味

浪淘沙	詞牌名
述怀	感懐を述べる
白浪	波のしぶき
挽	引き留める
流霞	漂う雲や霞
夕照	夕日の光り
平沙	平らな砂浜
海天一画	海と空が一枚の絵になっている
淡	薄める
归鸦	巣に帰るカラス
斑斓	彩りが美しい
所忆	思い出すこと
五彩	色とりどり
年华	歳月
荏苒	月日が徐々にたつ
度	過ごす
愉暇	愉快な日日
秋月春花	秋の月と春の花
羁旅	長く他郷に身を寄せる
异乡	他郷。異国
孰	何
自乐	自ら楽しむ。
百味	いろいろな味。さまざまな経験

解説

彩り豊かな海辺の夕景から自身の多彩な人生へと思い至った作者の心情を詠んだ借景抒情詩である。見渡す限りの無限の海、海と空とが溶け合ったような壮大な景色は、見る人の心を広くゆったりとさせると同時に、人生の短さ、自分の小さも感じさせるものである。作者は、そのような海や空の広大さ、時の流れの速さを悲観するのではなく、楽観的な心理状態から自分の人生に対する満足感を述べている。

現代口語訳

bái sè de lànghuāxiǎng liú zhùměi lì de wǎn xiá
白色的浪花想留住美丽的晚霞，

白い波しぶきがいつまでも美しい夕焼けを手放さず、

xī yáng de yú huī rǎnhóng le píngtǎn de shātān
夕阳的余辉染红了平坦的沙滩，

夕日の残光が平らかな砂浜を赤色に染め、

guī cháo de wū yā fēi jìn hǎi tiān yí sè de tú huà li
归巢的乌鸦飞进海天一色的图画里，

海と同化したような空を巣に帰る鳥が飛び行く光景の中、

róng rù zhè càn làn xuàn lì zhī zhōng de wǒ xiǎng dào le shén me ne
融入这灿烂绚丽之中的我想到了什么呢？

この色とりどりに煌めく美しさに融合した私は何を思うのか。

fēng fù duō cǎi de suì yuè
丰富多彩的岁月。

それは、豊富にして多彩な年月。

yì tiān tiān guò zhe yú kuài de rì zi
一天天过着愉快的日子，

時が経つにつれ、過ごしゆく日々は一層愉快に感じられる。

xīn shǎng chūn tiān de xiān huā hé qiū tiān de míng yuè
欣赏春天的鲜花和秋天的明月，

春の花と秋の月を楽しみ、

shǔ rì chàng yǐn qīng liáng de shuǐ jiǔ lěng tiān hē yì bēi nuǎn xīn de nóng chá
暑日畅饮清凉的水酒，冷天喝一杯暖心的浓茶。

暑い日にはきりりと冷えた粗酒を嗜み、寒い日には心温まる濃茶を飲む。

zài yì xiāng de màn cháng shí guāng li shén me shǐ rén gǎn dào kuài lè ne
在异乡的漫长时光里什么使人感到快乐呢？

異郷での長い長い歳月の中、楽しみとは何ぞや。

wǔ guāng shí sè de shēng huó
五光十色的生活。

それは、このバラエティーに富む生活そのものではないだろうか。

語句の意味

浪花	波のしぶき	飞进	飛び込む
留住	引き留める	融入	溶けあって一つになる
晚霞	夕焼け	灿烂绚丽	色彩の美しさが人の目を奪う。絢爛としている。まばゆい
余辉	夕日の残光	丰富多彩	豊富多彩
沙滩	砂浜	岁月	歳月
归巢	巣に帰る	一天天	日増しに
乌鸦	カラス		

日子	日々。生活	异乡	異国。他郷
欣赏	楽しむ。鑑賞する	漫长	緩やかに長い
畅饮	痛飲する	时光	歳月。光陰
水酒	粗酒	使	～させる
冷天	寒い日	快乐	楽しい
暖心	体の芯を暖める	五光十色	様式がさまざまである
浓茶	濃いお茶		

江上漁師（王 占華　撮影）

28. 朝中措 七夕

cháozhōng cuò　Qī xī

Yín hé qiān zǎi yè tiān liú
银河千载夜天流，

zuì shì cǐ shí róu
最是此时柔。

làng jǔ lián piān qiáo què
浪举联翩桥鹊，

bō yíng Zhī nǚ Qiān niú
波迎织女牵牛。

tīng liú shuǐ yùn
听流水韵，

suì qí méi yuàn
遂齐眉愿，

bái shào nián tóu
白少年头。

néng bàn yǒu qíng juàn shǔ
能伴有情眷属，

shéi dāng gōng zhǔ wáng hóu
谁当公主王侯？

語句の意味

朝中措	詞牌名	最是	最も～である
夜天	夜空	此时	この時

浪	波
举	挙げる
联翩	翼を連ねる
桥鹊	カササギの橋
织女	織女星
牵牛	牽牛星
流水韵	流水をイメージする楽曲。心の通じ合う人のたとえ。『列子・湯問』の中の伯牙と鍾子期の故事に基づく。
遂	達成する
齐眉愿	食事の膳を眉の所まで高くかかげて運ぶ願望。夫婦が互いに敬愛するたとえ。“举案齐眉”という四字成語により簡約。『後漢書・梁鴻伝』が出典。
白少年头	黒髪が白くなる（まで生活を一緒にする）。宋・岳飛の『満江紅』に“白了少年头”という句がある。
伴	伴う
有情	愛情を持っている
眷属	家族
当	なる
公主	君主の娘。皇女

解説

古来より、「七夕」は「織姫彦星伝説」とともに伝承される節句である。天の川で隔てられた夫婦が、年に一度この日の夜だけ、カササギたちが二人のために翼を連ねて天の川にかける橋を渡り再会することができるという物語は、悲哀とともに純愛への憧憬をも抱かせるためか、詩人たちも七夕に関する詩を数多く吟じている。本詩は、題材や語句上に革新的な要素はないものの、天の川への賛美、年老いてなお長く連れ添う愛情に満ちた生活への言及、そして最後の二句において愛情を至上とする人生観を表現し、読者に自分の心の温もりを再発見させる作品となっている。

現代口語訳

Yín hé zài tiānqióng de cháng yè li liú tǎng le qiānniánwàn zǎi
银河在天穹的长夜里流淌了千年万载，

永遠の漆黒に幾千万年と流れ続ける銀河が、

jīn tiānwǎnshangxiǎn de zuì wēnqíng mò mò
今天晚上显得最温情脉脉。

今宵、最も温かく、最も優しい表情を見せる。

lànghuāqíngzheliánpiān de xǐ què dā chéng de fú qiáo
浪花擎着联翩的喜鹊搭成的浮桥，

波しぶきを浴び、羽を繋ぐカササギたちの橋は高く高く、

bō tāo qǐ wǔ huānyíngZhī nǚ hé Niúláng de dào lái
波涛起舞，欢迎织女和牛郎的到来。

織姫と彦星を待ちわびる波は、歓喜の舞を踊り始める。

gāoshān liú shuǐ qín sè hé míng
高山流水，琴瑟和鸣，

心通い、仲睦まじく、

jǔ àn qí méi xiāngjìng rú bīn
举案齐眉，相敬如宾，

互いに親しみ、相手を尊び、

xìng fú měimǎn bái tóu xié lǎo
幸福美满，白头偕老。

幸せに満ちた穏やかな生活を、末永く寄り添って過ごす。

néng hé zhēn xīn xiāng ài de réngòng dù yì shēng
能和真心相爱的人共度一生，

信じ愛し合う人と共に人生を歩むことができるなら、

shéi hái xī han qù dāngwánggōng guì zú ne
谁还稀罕去当王公贵族呢?

なおも富や権力を追求する人がいるだろうか。

語句の意味

天穹	大空
流淌	流れている
千年万载	千年万年
显得	～のように見える
浮桥	浮き橋
含情脉脉	愛情のこもったまなざしで見つめるさま
浪花	波のしぶき
擎	高く挙げる
喜鹊	カササギ
搭成	建てている
波涛	波
起舞	踊り始める
牛郎	牽牛星
高山流水	心の通じ合う人のたとえ
琴瑟和鸣	古琴と瑟が合奏する。夫婦仲の睦まじいたとえ
举案齐眉	食事の膳を眉の所まで高くかかげて運ぶ。夫婦が互いに敬愛するたとえ
相敬如宾	夫婦が互いに客に対するように尊敬する。
幸福美满	幸せで円満である
白头偕老	黒髪が白くなるまで生活を一緒にする。偕老同穴
共度	共に生活する
还	それでもなお
稀罕	珍重する

29.浪淘沙 寻访徐志摩作《再别康桥》处

(làng táo shā xún fǎng Xú Zhì mó zuò zài bié Kāngqiáo chù)

zhuó jiǎng Jiàn qiáo biān
濯桨剑桥边，

liǔ làng rú yān
柳浪如烟，

sī rén zuò bié cǎi yún chuán
斯人作别彩云船。

yàn yǐng bō guāng jiāo yìng jiàn
艳影波光交映见，

wǔ sè lán bān
五色斓斑。

chù jǐng tàn qī rán
触景叹凄然，

jiù dì xīn tiān
旧地新天，

shī hún bàn yuè yù hé shān
诗魂伴月浴河山。

xù dài fēng huá hé rì xiàn
续代风华何日现，

zài yǒng hóng piān
再咏鸿篇？

語句の意味

浪淘沙	詞牌名	交映	互いに映っている
寻访	探し訪ねる	五色斓斑	さまざまな色が混じって美しい
徐志摩	(1896-1931), 詩人。五四時期の「新月派」に属した。	触景	眼前の風景に触れて（ある種の感情が生まれる）
擢桨	舟をこぐ	叹	嘆く
剑桥	ケンブリッジ。狭義ではケンブリッジ大学周囲の川の上の橋を指す。“康桥”とも訳される。	凄然	悲しみに暮れる
		伴月	月と共に。月は「新月派」を指す。
柳浪	風に吹かれ揺れ動くヤナギ	浴	浴びる
如烟	煙や靄の如く	河山	河と山
斯人	この人。その人	续代	後続の世代
作别	別れを告げる	风华	風采と才華
彩云	彩りのある雲。朝焼け。夕焼け	何日	いつ
		现	現れる
艳影	鮮やかな影	咏	詠ずる
波光	波に反射する光	鸿篇	大きな作品。名作

解説

徐志摩は中国近代詩の代表的な詩人である。代表作『再别康桥』（さらば、ケンブリッジ）中の名句、“轻轻的我走了，正如我轻轻的来；我轻轻的招手，作别西天的云彩。（僕はそっとここを去る、僕がそっとここに来たように。僕はそっと手を振り、西の空の夕焼雲に別れを告げる。）”は、今もなお多くの人々によって愛されている。しかし同詩が世に出てすぐ、36歳の若き詩人は不慮の飛行機事故に遭い、中国の詩壇と彼の作品の愛好者たちに惜しまれながらこの世を去った。

本詩は、作者がケンブリッジを訪れた際、徐も同詩の中で詠んでいるカム川の船上から眺めた光景とその時の感慨を詠んだものである。景物は変わらずとも、人間はそうはいかない。前半で風景を、後半で抒情を描き、その「景」と「情」がしっくり溶け合う中、徐の物悲しくも美しい、哀愁を帯びた詩情を、心を込めてなぞりながら詠んだ作品である。

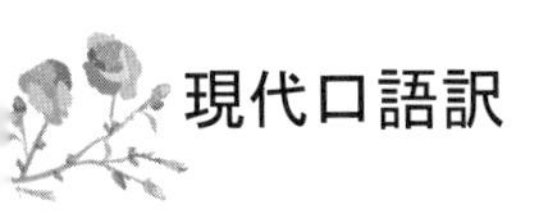

現代口語訳

wǒ zài Jiànqiáo xià miànhuázhexiǎochuán
我在剑桥下面划着小船，

ケンブリッジを見上げながら河に浮かぶ小舟を漕いでいると、

liǎng àn de liǔ shù suí fēngyáo yè wǎn rú yān xiá
两岸的柳树随风摇曳，宛如烟霞，

両岸の柳が風に揺れ、まるで辺りが霞がかっているかのように見える。

huò xǔ zhè jiù shì shī réndāngniánxiàng cǎi yúngào bié de chuán ba
或许这就是诗人当年向彩云告别的船吧。

これこそが、かの詩人があの時彩雲に別れを告げた、あの船なのではなかろうか。

shùyǐng pó suō bō guāng lín lín
树影婆娑，波光粼粼，

樹々の影が揺れ、水面に陽光が照り映え、

wǔ yán liù sè jiāoróng zài yì qǐ
五颜六色交融在一起。

様々な色が消えては現れ、現れては消える。

chùjǐngshēngqíng wǒ gǎndào le yí zhèn qī liáng
触景生情，我感到了一阵凄凉，

そんな景色を前に、私はふと、痛ましさを覚える。

hé qiáo yī jiù dàn yǐ jīngdǒuzhuǎnxīng yí
河桥依旧，但已经斗转星移，

河も橋もかつてのまま、時だけが流れゆく中、

shī rén de línghúnbàn suí zhe xīn yuè huī yìngzheshānshānshuǐshuǐ
诗人的灵魂伴随着新月辉映着山山水水。

彼の魂は今もなお、三日月とともに山河を照らし続けている。

nà yàngyǒu cái huá de shī rénshén me shí hounéng zài chūxiàn
那样有才华的诗人什么时候能再出现，

そんな彼さながらに非凡で、

xiě chu hé zài bié Kāngqiáo yí yàng de guī lì shī piān ne
写出和《再别康桥》一样的瑰丽诗篇呢?

『再別康橋』に匹敵する作品を生み出す詩人が、今後、再び現れるであろうか。

語句の意味

划	漕ぐ	交融	互いに溶けあう
随风	風と共に	触景生情	眼前の風景に触れてある種の感情が生まれる
摇曳	揺られる		
宛如	まるで～ようである	一阵	ひとしきり
烟霞	靄と霞	凄凉	痛ましい
或许	かもしれない	依旧	かつてと同じである
就是	（ほかではなく）～である	已经	すでに
向	～に向かって	斗转星移	北斗星がぐるりと回って、星が移動する。時間が流れる
告别	別れを告げる		
树影婆娑	木の影が揺れる	伴随	伴う
波光粼粼	光りが水面に照り映えてきらきら光る	新月	三日月
		辉映	照り映える
五颜六色	さまざまな色が同時に現れるさま	瑰丽	類いなく美しい

ケンブリッジカム川の船上から（王 占華　撮影）

30. 七律 祭友人

qī lǜ jì yǒu rén

dāng nián bǎ zhǎn huà nán kē
当年把盏话南柯，

mǎn zuò líng jūn xiào yǔ duō
满座聆君笑语多。

jǔ shǒu cháng bié fēn hǎi lù
举手长别分海陆，

tuī xīn chàng xù wù zhōu chē
推心畅叙误舟车。

néng qiú cǐ hòu féng yōu mèng
能求此后逢幽梦，

gǎn yì cóng qián duì shì bō
敢忆从前对逝波。

lèi yǎn wú chái hé suǒ jì
泪眼吾侪何所寄？

wú mián běi wàng chàng lí gē
无眠北望唱骊歌。

語句の意味

祭	弔う	话	話す。語る
当年	当時。その頃	南柯	夢。唐・李公佐『南柯太守伝』が出典
把盏	杯を手にする。酒を飲む		

满座	席にいるすべての人	此后	これから。今後
聆	聞く	逢	会う
笑语	談笑	幽梦	あの世のことを見る夢
举手长别	手を振りながら（長い）別れを告げる	敢	勇気がある
		忆	（過ぎ去ったことを）回想する
分	別れる。分ける	逝波	流れる水のように過ぎ去ったこと
海陆	海と大陸	泪眼	あふれんばかりに涙をためた目
推心畅叙	心を開いて話す。心ゆくまで話す	吾侪	我が輩
		所寄	託す。寄せる
误	乗り遅れる	无眠	眠れない。不眠
舟车	船と車。旅	北望	北に向かう
求	頼む。お願いする	骊歌	別れの歌

解説

亡くなった友人を偲ぶ詩であり、中国古典詩の類型の一つである「悼亡詩」に分類される。前半四句で生前の友の声や姿、作者との友情を思い返し、後半四句でその友を失った作者の悲しみ、寂しさを吟じている。

現代口語訳

nà nián zài jiǔ zhuōshangchàngtán mèngxiǎng
那年在酒桌上畅谈梦想，

酒を酌み交わし夢を語り合ったあの時、

tīng nǐ shuō de shí hou dà jiā xiào de shì nà me kāi xīn
听你说的时候大家笑得是那么开心。

君の話にあんなにも愉快に皆で笑い合った。

hòu lái wǒ piāoyángguò hǎi zánmentiān gè yì fāng
后来我漂洋过海，咱们天各一方，

あれから私は海を渡り、君と遠く離れて幾年月、

nà cì chóngféng wǒ men de huàshuō yě shuō bù wán
那次重逢，我们的话说也说不完。

再会を果たしたあの日、互いに話が尽きることはなかった。

yǐ hòu qiú nǐ cháng lái mèngzhōngxiāngjiàn ba
以后求你常来梦中相见吧，

これからは、しょっちゅう夢の中に会いに来てくれないか、

nà yàng wǒ cái yǒuyǒng qì huí yì cóngqián
那样我才有勇气回忆从前。

そうやって君に会えれば、昔を思い返す勇気をやっと持てそうな気がするんだ。

xiǎng qǐ nǐ wǒ lèi rú quányǒng chè yè nánmián
想起你我泪如泉涌，彻夜难眠，

君を思い涙があふれ、眠ることができない夜は、

miànxiàng běi fāng chàng qǐ le sòng bié zhī gē
面向北方，唱起了送别之歌。

北を向いて、お別れの歌を口ずさもう。

語句の意味

酒桌	酒席
畅谈	胸襟を開き語り合う
梦想	夢。理想
开心	愉快である。楽しい
飘洋过海	はるばると海を渡って外国へ行く
天各一方	それぞれ遠く離ればなれになっている
重逢	再会する
说也说不完	いくら話しても話し切れない
梦中	夢の中。夢の世界
相见	会う
才	～てはじめて
日子	日。生活
想起	思い出す
泪如泉涌	泉のように涙が湧き出る
彻夜难眠	一晩中眠れない
面向	（～の方に）顔を向ける
唱起	歌い始める

31. 七言绝句 港湾素描
qī yán jué jù gǎngwān sù miáo

yuǎn yě dān fēng yù huǒ rán
远野丹枫欲火燃，

jìn tān shù yǐng ruò tiān lián
近滩树影若天连。

bái yún cāng lù suí fēng jìng
白云苍鹭随风静，

qiū shuǐ róu bō rù diào chuán
秋水柔波入钓船。

語句の意味

远野	遠い野山	若	〜のようだ
丹枫	真っ赤なもみじ	连	つながっている
欲	〜しそうだ	苍鹭	アオサギ
火燃	火のように燃える	随	従う。〜について
近滩	近い灘	秋水	秋の海
树影	木の影	柔波	穏やかな波

解説

秋の海岸の風景を四句で描いた作品である。目に映る自然界の事物や海岸の様子の描写を通じて、情景の「遠・近・静・動」を表現している。また、本詩は伝統的な「秋の詩」で多用される物悲しく寂しげな秋の表現とは反対に、秋を春のように暖かく、生命力に満ち溢れたものとして描いている。

現代口語訳

yuǎnchùshān yě li de hóng yè jiù yàoxiànghuǒ yí yàngránshāo
远处山野里的红叶就要像火一样燃烧，

遠くの山々の紅葉はまるで燃え盛るかのようで、

jìn chù hǎi tānshangshù de yǐng zi wǎn rú hé tiānlián zài yì qǐ
近处海滩上树的影子宛如和天连在一起。

近くの海岸の木々はその影を気持ちよく空に伸ばしている。

fēngpínglàngjìng hángyún hé fēi niǎo yě suí zhefēngjìng zhǐ le
风平浪静，行云和飞鸟也随着风静止了，

静まり返る風と波に、雲も鳥も遠慮がちに空に浮かぶ静寂の中、

hǎi miàn de bì bō shang shǐ rù le chuídiào de xiǎochuán
海面的碧波上驶入了垂钓的小船。

釣り人を乗せた小舟が、碧い波を立てながら揚々と港に帰ってくる。

語句の意味

远处	遠いところ	影子	影
红叶	紅葉	宛如	まるで～である
就要	もうすぐ	和～在一起	にいっしょになっている
像～一样	～と同じである	风平浪静	風が凪ぎ、波が静かである
近处	近いところ	行云	流れゆく雲
海滩	海辺の砂浜	驶入	走って入る。入港する

32. 卜算子 寄诗友

bǔ suàn zǐ　jì shī yǒu

chūn sòng hǎo jù lái
春送好句来，

yín dào qiū huā shòu
吟到秋花瘦。

chù chù piāo bó chóu chàng rén
处处漂泊惆怅人，

diǎn diǎn líng xī tòu
点点灵犀透。

shī yì zǒng qiú xīn
诗意总求新，

shī yǒu cháng huái jiù
诗友常怀旧。

hé rì qīng bēi zài shì shī
何日倾杯再试诗，

chì miàn zhēng shī yòu
赤面争诗又？

語句の意味

卜算子	詞牌名	秋花	秋の花。狭義で菊の花
寄	送る	瘦	瘦せる。（花が）枯れる

惆怅	やるせない	何日	いつ
点点	（すべての）細かいところ	倾杯	飲み干す
灵犀	共鳴する。心が通じる	试诗	詩で勝負する
透	透徹している	赤面	顔を赤くする
诗意	詩歌的境地。詩的味わい	争诗	詩について論争する
求新	新しい意匠を求める	又	また
怀旧	昔のことや旧友を懐かしむ		

解説

『論語』に“君子以文会友，以友辅仁（君子は学問を通じて友人をつくり、交友を通じて互いに仁徳を高めあう）”というくだりがあるが、本詩はこの“以文会友”の思想を、“以诗会友”という具体的な形態を用いて表現している。本詩は作者に寄せられた詩友の作品に応じて詠んだ贈答詩で、前半は友人の作品への洞察と賛美を、後半では詩友と相まみえ、互いに詩芸を磨き合う日の到来を待ち望む気持ちを詠んでいる。

現代口語訳

chūntiān nǐ jì lai de hǎoshī
春天你寄来的好诗，

春、君が素敵な詩を送ってくれたので、

wǒ yì zhí yín yǒngdào qiū mù
我一直吟咏到秋暮。

晩秋の今もなお、私は詩を詠み続けている。

tóng shì bèi jǐng lí xiāng lǚ chóuyínghuái de rén
同是背井离乡，旅愁萦怀的人，

共に故郷を離れ、長く異郷で暮らす愁い者同士、

wǒ men de xīn shì xiāngtōng de
我们的心是相通的。

互いの心と心は通じ合っている。

gòu sī shí chángcháng zhuī qiú xīn de yì jìng
构思时常常追求新的意境，

詩を練るときは、常に新しい詩境を追求し、

pǐn píng shí zǒng xī wàng dě idào lǎo yǒu de zhǐ zhèng
品评时总希望得到老友的指正。

詩を論じるときは、必ず旧友の叱正を希求する。

shén me shí hou wǒ men zài yǐn jiǔ zuò shī
什么时候我们再饮酒作诗，

友よ、またいつの日か共に杯を片手に詩を吟じ、

miàn hóng ěr chì de zhēng lùn shī qù de gāo xià ne
面红耳赤地争论诗趣的高下呢？

熱く詩論を戦わせようではないか。

語句の意味

寄来	送ってくる	意境	詩境
一直	ずっと	品评	味わう。評論する
吟咏	吟詠朗誦する	得到	得る
秋暮	晩秋	老友	古い友人
背井离乡	故郷を離れて異郷で生活する	指正	誤りを正す。叱正する
萦怀	頭の中にこびりついて離れない	面红耳赤	（論争するなどで）顔を真っ赤にする。耳まで赤くなる
相通	（心が）通じる	诗趣	詩のおもしろみ
构思	構想する	高下	優劣

qī lǜ wǎn qiū màn bù

33. 七律 晚秋漫步

qīng fēng jú yǐng wǔ nán chuāng
清风菊影舞南窗，

sì yě qiāo rán yì cǎi zhuāng
四野悄然易彩妆。

chì zǐ lǜ huáng shí sè jǐn
赤紫绿黄十色锦，

guā shū máo shì bǎi chóng xiāng
瓜蔬茅柿百重香。

xīn róng kuàng yǔ cháng xiāo sè
心溶旷宇尝萧瑟，

mù rùn fēi hú wèi gǎn shāng
目润飞鹄味感觞。

yíng ěr dōu shuō hóng yè hǎo
盈耳都说红叶好，

jǐ rén céng jiě lì hán shuāng
几人曾解历寒霜？

語句の意味

清风　爽やかな風

菊影　菊の影

舞　舞う

四野　四方の野原

悄然	こっそり
易	変わる。変える
彩妆	美しい彩りの衣装
瓜菽茅柿	瓜、豆、レモンソウ、柿，すべての秋の収穫物を指す。
百重香	さまざまな香り
溶	溶ける
旷宇	広野
尝	味わう
萧瑟	風景の物寂しいさま
润	（目が）潤う
飞鹄	（飛んでいる）白鳥
味	味わう
感觞	感傷
盈耳	耳に充満する
曾	かつて
解	理解する
历	経験する
寒霜	厳しい霜

解説

晩秋の風景とその中に身を置く作者の心情を描いた作品である。前半では五感に訴える色彩や香りを、後半では抒情を描くことにより、秋の豊かな実景と沸き起こる物悲しい感傷を対照的に表現している。更に最後の二句において、辛苦を経てこそ得られる美しき道理、そしてそれを理解しない人間に対する無力感を詠むことにより、本詩の詩情を高めている。

現代口語訳

qīngshuǎng de fēngchuīzhe jú huā zài chuāngqián wǔ dòng
清爽的风吹着菊花在窗前舞动，

心地よい涼風が窓辺の菊の花を揺らし、

sì fāng de yuán yě huànshang le cǎi sè de qiū zhuāng
四方的原野换上了彩色的秋装。

広い野原はいつの間にか色とりどりの秋の衣装に着替え終えた。

sè cǎi bīn fēn de jǐn duànyìng rù yǎn dǐ
色彩缤纷的锦缎映入眼底，

きらびやかな緞子が目にもまばゆく、

guāguǒliángcǎo de xiāng qì chuándàoshēnbiān
瓜果粮草的香气传到身边。

秋の実りはふくよかな香りを辺りに漂わせている。

wǒ de xīnróng rù le kōngkuàng de yuán yě gǎndào jì mò
我的心融入了空旷的原野，感到寂寞，

広い秋の平野と一体化した私は、ふと一抹の寂しさを覚え、

wàngzhenán fēi de tiān é chángdào le lí jiā de chóuchàng
望着南飞的天鹅，尝到了离家的惆怅。

南を目指す白鳥の姿に故郷を想い、やるせない気分になる。

zhōuwéi de réndōu zài bù tíng de zànměihóng yè
周围的人都在不停地赞美红叶，

紅葉に興じる人々はたくさんいるけれども、

kě shéi lǐ jiě tā menjīng lì le hánshuāng zhī kǔ ne
可谁理解它们经历了寒霜之苦呢？

果たしてどれだけの人が、その美しさは幾度もの厳寒を越えてこそのものだと分かっているだろうか。

語句の意味

清爽	爽やかである	传到	（香りが）漂ってくる
窗前	窓の前	身边	身の回り
舞动	舞う	融入	溶け込む
换上	衣替えする	空旷	広くゆったりしたさま
秋装	秋の衣装	寂寞	寂しい
色彩缤纷	色とりどりで、きらびやかである	天鹅	白鳥
		尝到	味わった
锦缎	錦の緞子	离家	故郷を離れる
映入	目に入る	惆怅	やるせない。感傷的になる
眼底	眼下	不停地	絶えず。しきりに
瓜果粮草	瓜、果物、穀物、草	经历	経験する
香气	香り		

qī yán jué jù Chángchéng

34.七言绝句 长城

qiū shān lǎn tiào cǎi bīn fēn
秋 山 览 眺 彩 缤 纷 ，

bǎi chǐ fēng tái shǔ sè xīn
百 尺 烽 台 曙 色 新 。

Hàn wǎ Qín zhuān shuō yuǎn gǔ
汉 瓦 秦 砖 说 远 古 ，

chéng huáng dài lǜ xiě guāng yīn
橙 黄 黛 绿 写 光 阴 。

語句の意味

览眺	景色を一目でおさめる
彩缤纷	色とりどりで華やかなさま
百尺	１尺は約33cm，高いことのたとえ
烽台	のろし台
曙色	夜明けの空色
汉瓦秦砖	秦時代の煉瓦と漢時代の瓦
橙黄	オレンジ色
黛绿	濃緑色
光阴	光陰

解説

秋の早朝、万里の長城を見渡す山嶺に立った作者。眼前に広がる一面の秋の景色に、湧き上がる懐古の情を詠んだ作品である。

現代口語訳

qiū tiān de shānlǐng　sè cǎi bīn fēn　yì lǎn wú yú
秋天的山岭，色彩缤纷，一览无余，

どこまでも色彩豊かな秋の山脈を眼下に望み、

gāosǒng de fēnghuǒ tái mù yù zài chénguāng li
高耸的烽火台沐浴在晨光里。

聳え立つのろし台が朝の光に輝く。

gǔ lǎo de zhuān wǎ　sù shuōzhe jiǔ yuǎn de lì shǐ
古老的砖瓦，诉说着久远的历史，

古いレンガは、悠久の歴史を静かに語り、

huáng lǜ de yuán yě　yùn yù zhe shí guāng de liú zhuǎnbiànqiān
黄绿的原野，孕育着时光的流转变迁。

秋色深まる大地は、移りゆく時の流れを密やかに抱いている。

語句の意味

山岭	連峰。山脈
一览无余	一目ですべてのものが目に入る。高みから鳥瞰する。
高耸	高くそびえ立つ
烽火台	のろし台
沐浴	浴びる
晨光	早朝の太陽の光
诉说	訴えている
孕育	育む
时光	時の流れ。光陰
流转	循環する
变迁	変遷する

yú měi rén mù gē

35. 虞美人 暮歌

dēng gāo běi wàng dān xiá wǎn

登高北望丹霞晚，

xiāng lù hé yáo yuǎn

乡路何遥远！

níng shén ní cǎi rǎn qīng líng

凝神霓彩染蜻蛉，

sì jiàn gù yuán qiān lǐ mù yún píng

似见故原千里暮云平。

tiān yá dì jiǎo sī zhí yǒu

天涯地角思执友，

hé rì chóng chá jiǔ

何日重茶酒？

wèi gān xié yùn xiě huáng hūn

未甘谐韵写黄昏，

shī li cí jiān yóu yǒu shào nián xīn

诗里词间犹有少年心。

語句の意味

虞美人	詞牌名	故原	故郷の原野
暮歌	日暮れの歌	暮云	夕方の雲
登高	高所に登る	执友	親友
北望	北の方向を眺める	何日	いつの日か
丹霞	夕焼け	重	再び
乡路	故郷への道	茶酒	お茶を飲む。酒を飲む
何	どれほど	未甘	～に甘んじない
遥远	遙か遠い	谐韵	詩韻の決まりに従う。慣例を踏襲することのたとえ
凝神	精神を集中する		
霓彩	副虹の光	诗里词间	詩と詞の中（内容）
蜻蛉	トンボ	天涯地角	天と地の果て
似	似ている	犹	まだ

解説

故郷から遠く離れた異郷の地で暮らす作者が、故郷を懐かしみ、遠く離れた友を想い、己の人生に対する感慨を詠じた作品である。

夕焼けの美しいある日、高台から遠くを眺め、遥か北方の地にある自分の故郷に想いを馳せる作者。かつてその故郷で見た夕暮色に染まったトンボが今、同じように夕日に赤く染まって目の前で飛んでいるのを見たとたん、故郷の夕焼けに覆われた大平原が見えたような気分になる。故郷への想いは、故郷から長く離れた年月、離れ離れとなっている友人たちへと波及し、いつの日か仲間とともに、また茶や酒を愉しみたいものだと願うまでに至る。

そして、年を重ねても、晩年の型にはまった生活に甘んじることなく、少年の心を忘れず若々しい気持ちを持ち続ける自らを謳歌する。“千里暮云平（千里暮雲平かたり）”は、王維の『観猟』からの引用である。

現代口語訳

zài wǎn xiá mǎntiān de bàngwǎndēnggāoxiàng běi wàng qù
在晚霞满天的傍晚登高向北望去，

夕焼け空の美しいある日、高台に登り北方を望む。

huí jiā xiāng de lù shì duō me yáoyuǎn na
回家乡的路是多么遥远哪！

故郷への道のりはなんと遠いものなのだろう。

níng shì zhe nà xiē bèi wǎn xiá rǎn hóng de qīngtíng
凝视着那些被晚霞染红的蜻蜓，

夕日に染まるトンボを見ているうちに、

wǒ xiǎngdào gù xiāng de qiān lǐ dà píngyuán
我想到故乡的千里大平原。

心は故郷の大平原へと至る。

zhù zài tiānnán hǎi běi de lǎo péngyǒumen
住在天南海北的老朋友们，

南北の各地に別れている友たちよ、

shén me shí hou wǒ mennéngchóng jù zài yì qǐ xún jiǔ pǐn chá ne
什么时候我们能重聚在一起，巡酒品茶呢？

またいつの日か再会し、楽しい宴を共に興じようではないか。

tiān jìn huánghūn rén jièwǎn nián kě shì wǒ bìngwèi fú lǎo
天近黄昏，人届晚年，可是我并未服老，

天はたそがれ、人は老いる。しかし、私は老いに屈しない。

qǐngkàn wǒ de shī cí li bú shì hái yǒushàonián de qínghuái ma
请看，我的诗词里不是还有少年的情怀吗？

見よ、私の詩のここかしこに溢れる少年のような心持ちを。

語句の意味

晚霞	夕焼け。夕映え	重聚	再会する
满天	空いっぱい。空一面	巡酒	(順番で)酌をする
傍晚	夕暮れ	品茶	お茶を飲む
凝视	凝視する	届	その時になる
蜻蜓	トンボ	服老	年を認める
天南海北	遠く隔たった所	情怀	心持ち、気持ち
老朋友	古い友人		

36. 苏幕遮 中秋

sū mù zhē Zhōng qiū

wǔ Chán juān tán gǔ què
舞婵娟，弹古阕。

jīn yòu Zhōng qiū jīn yòu Zhōng qiū yè
今又中秋、今又中秋夜。

rěn rǎn guāng yīn rú shuǐ xiè
荏苒光阴如水邂，

zǒng rě qíng sī zǒng rě qíng sī qiè
总惹情思、总惹情思切。

yì huá nián téng rè xuè
忆华年，腾热血。

wàn lǐ guān shān wàn lǐ guān shān yuè
万里关山、万里关山越。

hào hǎi tiān yá nán wéi jiè
浩海天涯难为界，

xīn jì cháng kōng xīn jì cháng kōng yuè
心寄长空、心寄长空月。

語句の意味

苏幕遮	詞牌名。サンスクリット語の音訳	切	切実だ
		忆	回想する
中秋	中秋の名月	华年	若い時。青春時代
舞	踊る	腾	上がる
婵娟	月の別称。美人のたとえ	关山	険しい山々
古阕	古曲	浩海	大海原
荏苒	月日が徐々に経つ	天涯	天の果て
邂	出会う。邂逅する	为界	境になる
总	いつも	寄	寄せる
惹	引き起こす	长空	大空
情思	恋しく思う		

解説

旧暦八月十五日の中秋節は一家団欒し、故郷を遠く離れた人が親類や友達を懐かしむ中国の伝統文化である。古くから中秋節と名月を詠んだ詩は多く、その中でも李白の『静夜思』(“床前明月光，疑是地上霜。举头望明月，低头思故乡/ 牀前に降り注いでいる月光，疑ふらくは是れ地上の霜かと、頭を挙げて名月を望み、頭を低れては故郷を思う”)、蘇東坡の『水調歌頭』(“但愿人长久，千里共婵娟/但だ願はくは人長久に、千里嬋娟を共にせんことを”)等は永く語り継がれる名詩である。

本詩は、伝統的な題材から完全にかけ離れたものではないが、形式上新しい試みを取り入れている。清朝の詩人万樹が創始した「堆絮体」の手法である四所の重複を用い、これにより、詩に曲がついていて歌えるような感覚が生み出される。また、人生を偲ぶ内容を加えることにより、詩を吟じる読者に無限の感慨を抱かせる効果を生み出している。

なお、韻脚としての“阕、切、血、越、月”は古入声字であり、古代では“夜、邂、界”と同じ韻部に属さないが、現代漢語の読み方では互いに韻を踏む。

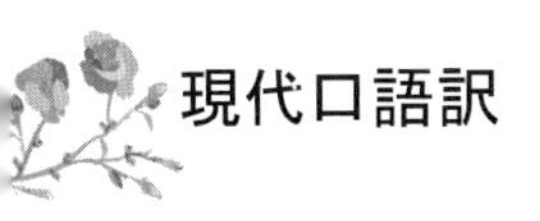

現代口語訳

Chánjuānbàn suí zhe gǔ qǔ piānpiān qǐ wǔ
婵娟伴随着古曲翩翩起舞，

月宫の踊り子が古曲を伴奏に舞い始め、

yòu shì yì nián yí dù de Zhōng qiū zhī yè le
又是一年一度的中秋之夜了。

また年に一度の中秋の夜が来た。

dù guò yì tiān yì tiān de shí guāng jiù xiàng shè guò liú shuǐ yí yàng
度过一天一天的时光就像涉过流水一样，

過ぎ去る日々は流れゆく水のようで、

zǒng shì rě qi wǒ nán yǐ píng fù de sī xù
总是惹起我难以平复的思绪。

いつも痛切に恋しい思いを引き起こす。

huí xiǎng qǐ niánqīng de shí hou
回想起年轻的时候，

若い頃を思い返し、

bù jīn rè xuè fèi téng
不禁热血沸腾，

思わず血潮が滾る、

zì jǐ yuè guò le yáo yuǎn xiǎn jùn de shān shān shuǐ shuǐ
自己越过了遥远险峻的山山水水。

私は、はるか遠くの険しい幾山河を越えてきたのだ。

suī rán yuǎn zài tiān biān hé sī niàn de rén gé zhe dà hǎi
虽然远在天边，和思念的人隔着大海，

天の果ては遠く遠く、我が想う人とは大海で隔たれているけれど、

dàn shì wǒ ràng tiān shang de míng yuè dài qu zì jǐ de sī niàn
但是我让天上的明月带去自己的思念。

天上の月が、私のこの想いを運び届けてくれるはずだ。

語句の意味

伴随	伴う	热血沸腾	血潮がたぎる
翩翩起舞	軽やかに踊り始める	越过	越える
度过	過ごす	遥远	遙か遠い
时光	時の流れ。光陰	险峻	険しい
像	まるで～ようだ	山山水水	幾山河
涉过	渡る	虽然	けれども
难以	しにくい。しがたい	天边	天の果て
平复	落ち着く	隔着	隔たっている
思绪	情緒。感情	但是	しかし
年轻	若い	带去	持っていく
不禁	思わず	思念	懐かしく思う（こと）

仙台松島（王 占華　撮影）

qīng píng yuè
37. 清平乐

píng diào GuānMén hǎi xiá gǔ zhànchǎng
凭吊关门海峡古战场

fēng dié yún kuài
峰叠云快，

bì hǎi líng tiān lài
碧海聆天籁。

zhōu fù hēi cháo jīn yóu zài
舟覆黑潮今犹在，

yǎn dǐ tāo jīng làng hài
眼底涛惊浪骇。

shéi néng jìn yuè xiá lái
谁能近悦遐来，

hé shān chóng bǎ ān pái
河山重把安排。

bú fù dāo cóng jiàn shù
不复刀丛剑树，

zhī xiū wǔ xiè gē tái
只修舞榭歌台？

語句の意味

清平乐	詞牌名	关门	下関と門司
凭吊	いにしえをしのぶ	峰叠	山々が重なりあっている

云快	雲の移動が速い		
碧海	青い海		
聆	聞く。耳を傾ける		
天籁	大自然な音		
舟覆	船を転覆させる。撃沈する		
犹	まだ〜のようである		
眼底	眼下		
涛惊浪骇	波が人を驚かせるほど荒々しい		
近悦遐来	近隣の人に利益を与え喜ばせ、遠方の人を（その噂により）呼び寄せる。善政のたとえ。『論語・子路』の“近者悦、远者来”が出典。		
安排	配置する		
不复	二度と〜しない		
刀丛剑树	刀剣の林		
只	だけ		
修	建てる。修復する		
舞榭歌台	歌舞音楽の場所		

解説

西暦1185年、源氏が潮流の利を用い平家を打倒したとされる壇ノ浦の戦いの古戦場を偲んで詠んだ作品である。重なり合う山々、強風に乱れ飛ぶ雲、荒立つ黒潮は、まるで当時の戦の残酷さを再現しているかのように見える。そんな作者の懐古の念は詩の後半において平和と徳政への祈願となって表れている。

現代口語訳

fēngluán dié zhàng　luànyún fēi dù
峰峦叠嶂，乱云飞渡，

山々が厚く重く連なり、雲が目まぐるしく流れる中、

wǒ miànxiàng dà hǎi　língtīngzhe zì rán de shēngyīn
我面向大海，聆听着自然的声音。

私は大海に向かい、自然たちの声に耳を傾けている。

dāngniándiān fù Píng jiā chuánduì de hēicháo yī jiù
当年颠覆平家船队的黑潮依旧，

平家の船を呑み込んだ、あの日と同じ黒潮が、

yǎn dǐ xia yí piànjīngtāo hài làng
眼底下一片惊涛骇浪。

見下ろす一帯に荒くれ立っている。

shéinéngràngyuǎn jìn de réndōu xīn yuèchéng fú
谁能让远近的人都心悦诚服，

いつの日か、全ての民を心服させ、

jié shùzhēngzhàn shí shī gěi dà zhòng dài lai lì yì de dé zhèng
结束征战，实施给大众带来利益的德政，

あらゆる戦を収め、民衆を豊かにする徳政を行い、

bú zài zhì zào wǔ qì
不再制造武器，

二度と武器を作り出さず、

zhī xiū jiànchàng gē tiào wǔ de hé píng wǔ tái ne
只修建唱歌跳舞的和平舞台呢?

歌い踊る舞台を築き上げることだけに心血を注ぐ人物が現れてくれるだろうか。

語句の意味

峰峦叠嶂	山々が重なりあっている
乱云飞渡	雲が乱れている
面向	～に向かう
聆听	注意深く聞く
当年	当時。あの頃
颠覆	転覆する
船队	船団。船隊
依旧	かつてと同じである
眼底下	眼下
一片	あたり一面
惊涛骇浪	人を驚かせるほど荒々しい波
心悦诚服	心から尊敬し従う
结束	終わらせる
征战	出征し戦う
给	～してあげる
大众	大衆
带来	もたらす
修建	建てる。修復する
唱歌	歌を歌う
跳舞	踊りを踊る

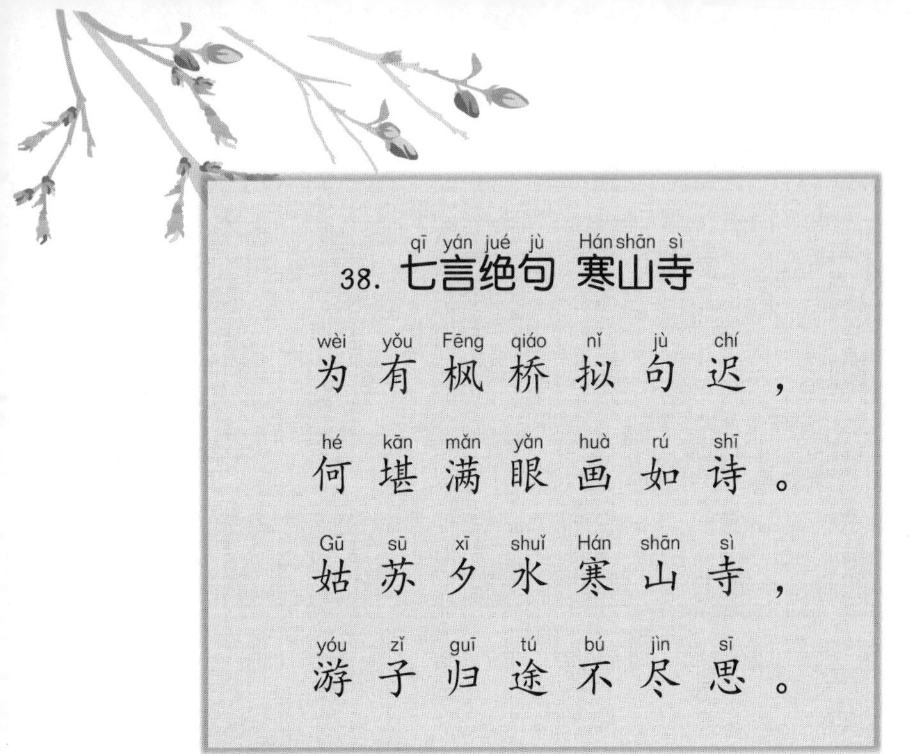

語句の意味

为	（原因）ために	姑苏	蘇州の別称
枫桥	『楓橋夜泊』	夕水	夕日に映される川
拟句	詩句を考える	游子	他郷にいた人
迟	遅い	归途	帰り道
何堪	堪えられない	不尽	尽くせない
满眼	見渡す限り		

解説

唐代の詩人張継が不朽の名作『楓橋夜泊』を詠じて以降、蘇州の寒山寺は懐古、郷愁、旅愁を詠い上げた名勝の地として、今も多くの旅人たちを引きつけ続けており、作者もまた、そのうちの一人である。

長い間憧れていた古寺石橋とついに対面した作者は、その無限の感慨を詩句にしたためようとしたものの、張継の名作を前に、表現するにふさわしい詩句が全く思い浮かばない。作者が「それならば詠まなくともよい」と開き直って詩を詠まずにいると、目の前の景色がどうにもこうにも詩心を掻き立てる。もどかしく自らと葛藤する作者は“白描（＝飾らずに客観事実のみを描く）”式に、目の当たりにした絶景とそれらに対する感情を淡々と記すこととし、それにより詠い上げたのが本詩である。

第三句、四句は、単純に六つの名詞性の語句を並べただけのように見えるが、ここには馬致遠の『天浄沙』の詠じ方を模倣し、自らの感情を現物に託し、詩情を言外に匂わす効果を持たせている。

現代口語訳

miàn duì qiān gǔ míngpiān　Fēngqiáo yè bó　chí chí xiǎng bu chū shī jù lái
面对千古名篇《枫桥夜泊》，迟迟想不出诗句来，

千古の名作『楓橋夜泊』を前に、詩句が浮かばない。

kě shì yǎnqián rú shī rú huà de jǐng sè yòu jī qǐ le nán yǐ yì zhì de shī qíng
可是眼前如诗如画的景色又激起了难以抑制的诗情。

詩の如く絵の如く目前に広がる絶景に我が詩心は掻き立てられ、抑え切れずにいるというのに。

Sū zhōuchéng　xī yángyìngzhào de liú shuǐ hé Hánshān sì
苏州城、夕阳映照的流水和寒山寺，

蘇州城、夕日に照り映える河面、寒山寺が、

yǐn fā le lù shangyóu zǐ wú qióng wú jìn de sī xù
引发了路上游子无穷无尽的思绪。

帰りゆく旅人に無限の情緒を呼び起こす。

語句の意味

面对	対面する	夕阳	夕日
想不出	思い浮かばない	映照	映る。照り映える
眼前	目の前	引发	引き起こす
如诗如画	詩や絵のように	无穷无尽	尽きることがない。無窮である
激起	引き起こす	思绪	思い。情緒

qī yán jué jù　tí Tái wān yǒu rén huà zuò

39. 七言绝句　题台湾友人画作

yǐn shuǐ qiān shān rù huà lóu
引 水 牵 山 入 画 楼，

qīng dū cǎi bǐ shì lí chóu
轻 厾 彩 笔 释 离 愁。

qiān chóng shǔ dào níng fāng cùn
千 重 黍 稻 凝 方 寸，

bǎi dài gū dú huì hǎi liú
百 代 孤 独 汇 海 流。

語句の意味

题	（書や絵などに）詩を書く	释	解釈する。放出する。演繹する
画作	（作品としての）絵	千重	幾重にも重ねる
引水	水を引く	黍稻	トウモロコシとイネ
牵	引く。引っぱる	凝	凝縮する
画楼	もと梁や棟に装飾を施した楼。ここではアトリエを指す。	方寸	わずかな土地。狭い場所
厾	（画家が無造作に）潤色する	汇	合流する

解説

本詩は「題画詩」である。古くから題画詩には、題材となる絵画の筆遣いや芸術性を評価するもの、絵画の境地を詠うもの、絵画の作者の感情を表現するもの、詩の作者本人の感情を表現するもの、といったタイプがよく見られる。本詩はそれらの類型を包括的に含有しており、前三句で絵画の評価と概括を行い、最終句において、表面上は絵画に描かれている風景を詠みつつも、そこに画家と詩家双方の感情を寄せている。

本詩により読者は、詩材となっている絵画は河川が海へと流れゆく山水画であり、その中に描かれている農作物がたわわに実る田畑や広々とした田舎の景色等も目に浮かべることができる。

現代口語訳

qīngshān lǜ shuǐ　bèi nǐ yí rù huàzhōng
青山绿水，被你移入画中，

美しい山河が、君によって画中に運び込まれ、

qīngqīng de huīdònghuà bǐ　jiù yǎn yì le wú jìn de lí chóu bié xù
轻轻地挥动画笔，就演绎了无尽的离愁别绪。

何気なく払われた筆の動きには、尽きることのない惜別愁苦の情がにじんでいる。

qiān lǐ wò yě　wànqǐngliángtián　níngsuōchéngjīngqiǎo de huàmiàn
千里沃野，万顷良田，凝缩成精巧的画面，

広い大地、豊潤な稲田が見事に凝縮されたその小さな世界の中で、

shì dài liú tǎng de jiāng hé　huì rù hàohàn de dà hǎi
世代流淌的江河，汇入浩瀚的大海。

滔滔と流れる悠久の大河が、広漠たる大海に注いでいる。

語句の意味

青山绿水	青い山、緑の水。自然の山と川の美しい風景の形容	离愁别绪	別れの嘆きと情緒
轻轻	そっと。軽く	万顷	広々としている土地。1頃は6.6667ヘクタール。
挥动	振り動かす	世代	代々
就	～だけで、すぐ	流淌	流れる
演绎	演繹する。解釈する	汇入	合流する
无尽	無限である	浩瀚	広大である

qīng píng yuè　Liè hù zuò liú xīng yǔ
40. 清平乐　猎户座流星雨

yì shēng yí shùn
一生一瞬，

dì yuǎn tiān gāo jìn
地远天高近。

zhuàng liè dāng wéi háo jié lùn
壮烈当为豪杰论，

guāng yào qiān shān wàn rèn
光耀千山万仞。

wǒ shēng huò ruò xīng hé
我生或若星河，

píng tián jìn lì xiāo mó
平恬尽历消磨。

piāo miǎo yóu shuō wǎng shì
缥缈犹说往事，

shǎn shuò sì niàn jiā guó
闪烁似念家国。

語句の意味

清平乐	詞牌名	当为	～とするべきである
猎户座	オリオン座	豪杰	豪傑

缥缈	かすかな。ぼんやりした	星河	銀河
犹	まるで～ようだ	平恬	平凡で静かである
论	論じる	尽历	様々なことを経験した
光耀	照らす	消磨	次第に使い果たす
千山万仞	多くの山々	闪烁	きらめく
或若	似ているかもしれない	念	懐かしむ

解説

雄大で華々しい流星群の一生と、自分の平凡な一生を思い比べた作者。作者自身も含め、普通に生きる人々の人生は、眩しくきらめく流星群のような華やかさはないのかもしれない。しかし、我々各々が所有しているたくさんの経験、様々な記憶、故郷や母国を大切に思う心も、自分の人生を充実させる大切な要素となるのではないだろうか。

現代口語訳

liú xīng zài yí shùnjiān jiù zǒuwán le yì shēng
流星在一瞬间就走完了一生，

流れ星は一瞬にして一生を駆け抜ける。

duì tā lái shuō tiān hé dì de jù lí yě bù yáoyuǎn
对它来说，天和地的距离也不遥远。

彼らにとって、天と地との距離は近いのかもしれない。

zhè me zhuàng lì de yì shēng kānchēng yīngxióngháo jié
这么壮丽的一生堪称英雄豪杰，

このように壮麗な一生であれば、英雄と称されるにふさわしいものであろう。

tā de guānghuī zhàoyào le qiānshānwànshuǐ
它的光辉照耀了千山万水。

そして彼らの輝きは広くあまねく大地を照らし出す。

wǒ de yì shēng yě xǔ xiàngtiānshang de Yín hé
我的一生也许像天上的银河，

わが人生は天上の銀河のようなものかもしれない。

píngfán ān jìngquèjīng lì le hěnduō
平凡安静却经历了很多。

平凡で静かだが、多くの経験に満ちている。

nà ruò yǐn ruòxiàn de shǎnguānghǎo sì zài sù shuōguò qù
那若隐若现的闪光好似在诉说过去，

その中で見え隠れする輝きは、過ぎ去った何かを訴えているかのようだ。

nà yī míng yī àn de tiàodòngwǎnruò zài sī niàn jiā xiāng hé zǔ guó
那一明一暗的跳动宛若在思念家乡和祖国。

その中で瞬き脈打っている何かは、故郷と祖国に思いを馳せているかのようだ。

語句の意味

走完	果たす。たどりつく	若隐若现	見え隠れているさま
对～来说	～にとって	闪光	光
这么	こんなに	好似	～のようだ
堪称	～と認められる	在	～している
光辉	輝き	诉说	感情を込めて述べる
照耀	強烈に照らす	一明一暗	明るいような暗いような
山山水水	多くの山と川	跳动	起伏しながら動く
也许	或いは…かもしれない	宛若	まるで～である
像	似ている	思念	恋しく思う
却	しかし。かえって	家乡	ふるさと
经历	経験する		

41. 五律 冬日怀远友

wǔ lǜ dōng rì huái yuǎn yǒu

pān shān lǎn jìn yún
攀山揽近云，

yuǎn wàng xiǎng yī rén
远望想伊人。

běi guó é máo xuě
北国鹅毛雪，

nán tiān bái lù qún
南天白鹭群。

niǎo háng yīn yǐng jì
鸟行音影迹，

chén shì yǔ yān hén
尘世雨烟痕。

jūn huò cháng rú wǒ
君或常如我，

tán bēi lè kǔ yín
弹杯乐苦吟？

語句の意味

怀	懐かしく思う	攀山	山に登る
远友	遠方にいる友人	揽	抱き寄せる

近云	近いところの雲	雨烟	雨と煙
远望	遠望する	痕	痕跡
伊人	あの人	或	かもしれない
鹅毛雪	牡丹雪	弹杯	盃をはじく
鸟行	鳥の行列	乐	楽しむ
音影	鳴き声と影	苦吟	苦労して詩を作る
尘世	浮き世。俗世		

解説

かつて、杜甫は五言律詩『春日憶李白（春日李白を憶う）』において、“春树暮云（春日の樹、日暮れの雲）”との詩句で、遠方の友を思う気持ちを表現した。本詩も初句で「雲」を用い、友人を懐かしむ気持ちを詠んでいる。“北国”や“南天（南の空）”という詩句により、お互いが遠く離れていて会うことができない現状を表し、“音影路”や“雨烟痕”で離別後の双方の人生を間接的に表現している。そして最後の二句から、二人がずいぶん長い間、音信不通となっていることが推測される。

なお本詩は、『平水韻』による鄰韻通韻方式を採用している。

現代口語訳

dēngshangshāndiān　bǎ piāo hū de fú yúnyōng rù huáizhōng
登上山巅，把飘忽的浮云拥入怀中，

辿り着いた山頂で、流れゆく雲を懐に抱き、

níng sī yuǎnwàng　wǒ xiǎngdào le jiǔ bié de yǒurén
凝思远望，我想到了久别的友人。

遠方に思いを馳せ、長く離れたままの友を思う。

běi fāngzhèng shì dà xuěpiāo wǔ de jì jié ba
北方正是大雪飘舞的季节吧，

北の彼方はちょうど大雪が舞う頃だろうか、

zhè li de tiānkōng　fēi guòchéngqún de bái lù
这里的天空，飞过成群的白鹭。

見上げたこの空には、白鷺の群れが横切っていく。

niǎoqún fēi guò　liú xia jiàoshēng hé qiànyǐng
鸟群飞过，留下叫声和倩影，

飛び去る鳥たちは、鳴き声と美しい飛影を残し、

rén shì cāngsāng　yóu rú　xì　yǔ qīngyān
人世沧桑，犹如细雨轻烟。

移りゆく人の世は、煙る霧雨、淡い霞のようなものだ。

nǐ　shì fǒu yě cháng hé wǒ yí yàng
你是否也常和我一样，

君もよく私と同じように、

lè　yú míng sī　kǔ xiǎng de yǐn jiǔ zuò shī ne
乐于冥思苦想地饮酒作诗呢？

酒を片手に頭をひねりつつも、楽しんで詩を吟じているかい？

語句の意味

山巅	山頂	留下	残す
飘忽	（雲が空の中で）すいすいと流れている	叫声	鳴き声
		倩影	美しい姿
拥入	抱く。抱き寄せる	人世	人の世
凝思	思いに耽る	沧桑	世の移り変わり
想到	思い出す	犹如	まるで～のようである
久别	長い間別れる	是否	であるかどうか
正是	ちょうど～である	和～一样	～と同じである
飘舞	風に舞う	乐于	～を楽しみとする
飞过	飛んでいく	冥思苦想	知恵を絞って深く考える
成群	群れを成す		

ruǎn láng guī　suì mò dēngguān hǎi lóu

42.阮郎归　岁末登观海楼

zhāo yún sàn jìn màn tiān bái
朝云散尽漫天白，

chén fēng sǎo wù mái
晨风扫雾霾。

dōng yáng sòng yǐng shàng lóu tái
冬阳送影上楼台，

jǐng chuāng rèn jiǎn cái
景窗任剪裁。

xīn suì yuàn　jiù qíng huái
新岁愿，旧情怀，

xīn cháo zhú làng pái
心潮逐浪排。

zhēng fān rù gǎng rě pái huái
征帆入港惹徘徊，

yòu yín Guī qù lái
又吟归去来。

語句の意味

阮郎归	詞牌名	散尽	散り去って無くなる
朝云	朝霞	漫天	空いっぱい

晨风	朝風	新岁	新年。新しい年
扫	吹き飛ばす	愿	願望
雾霾	霧と煙	旧情怀	宿願
冬阳	冬の太陽	思潮	定まらぬ思い
上	登る	逐浪	波に従う
楼台	高楼	排	次の波が前方の波を押す
景窗	窓の景色	征帆	遠くから帰った舟
任	自由に。任せる	惹	惹起する。引き起こす
剪裁	裁断する。編集する	归去来	帰りなんいざ。陶淵明の『帰去来辞』が出典。

解説

行く年来る年の年末年始には、人々は旧年の願いが成就したかどうか思い返すとともに、また新たな志を立てる。作者も同様であり、しかしながら、遠洋漁船の帰港を目にしたとたん、またいつものように帰郷への想いが募ってしまう。

「阮郎归」という詞牌の押韻形式により、本詩を吟じた際、一句一句がぴったりと隙間なく繋がっているような感覚を味わうことができる。

現代口語訳

zhāo xiá tuì jìn qíngkōnglǎnglǎng
朝霞退尽，晴空朗朗，

朝霧が去り、晴れた空は澄み渡り、

chénfēngchuīsàn le dì miàn de yān wù
晨风吹散了地面的烟雾。

朝風が地上の煙りを吹き消す。

dōng rì de yángguāng gǎi huànzhe lóu shang de shùyǐng
冬日的阳光改换着楼上的树影，

冬の陽光が階上に映る樹の影を刻々と動かすので、

chuāngwài de jǐng sè yě suí zhī ér biàn
窗外的景色也随之而变。

窓の外の景色も変わり続ける。

jīn nián de zhì xiàng qù nián de sù yuàn
今年的志向，去年的夙愿，

今年の抱負、去年の宿願が、

xiàng hǎi làng yí yàngyǒngshang xīn tóu
像海浪一样涌上心头。

波のように心に押し寄せる。

kàndàoyuǎnháng guī lái de fānchuán
看到远航归来的帆船，

遠洋より帰港する船に、

wǒ yòuxiǎngdào le jiā xiāng yín qi le Guī qù lái cí
我又想到了家乡，吟起了《归去来辞》。

また私は故郷を想い、『归去来辞』を吟じ始める。

語句の意味

退尽	色が褪める	随之而变	～に伴って変わる
晴空	晴れた空	夙愿	宿願
朗朗	明るく澄み切っている	涌上心头	胸をつきあげる
吹散	吹き飛ばす	看到	見える
烟雾	煙と霧	远航	遠い道程を航海する
改换	変える	归来	帰ってくる
楼上	階上	吟起	吟じ始める
树影	木の影		

43. 七言绝句 旧友聚会

qī yán jué jù　jiù yǒu jù huì

hán xīng xuě liǔ mù yā tí
寒星雪柳暮鸦啼，

rè jiǔ róu cháng zhì yǒu jí
热酒柔肠挚友集。

píng shuǐ tiān yá liú làng kè
萍水天涯流浪客，

xiāng féng yòu shì huà bié lí
相逢又是话别离。

語句の意味

聚会　会う。集う
寒星　冬空の星
雪柳　ユキヤナギ。枝に雪が落ちている柳
暮鸦　夕烏。日暮れになってねぐらへ帰る烏
柔肠　思いやりのある心
挚友　親密な友
集　集まる
萍水　浮き草のようにあちらこちら漂う
天涯　天の果て
相逢　巡り会う
话　話す
别离　別れる

解説

対比方式を用いて旧友との再会を詠んだ短詩である。初句で冬の時節のもの寂しさを描き、相対して第二句で友人との会合の熱気を描いている。嬉しいはずである出会いも、その後の別れは避けられない。“又”の一字が、“独在异乡为异客(独り異郷に在りて異客と為り)”(唐・王維の詩句)である作者とその友人たちが歩みゆく出会いと別れの人生を強調している。

現代口語訳

tiān sè jiāngwǎn　xuě luò wū tí
天色将晚，雪落乌啼，

深まる夕闇に、雪が降り夕烏が鳴くころ、

lǎo yǒu jù huì de jiǔ xí rè qì téngténg
老友聚会的酒席热气腾腾。

旧友たちとの宴が最高潮を迎える。

zánmen zhè xiē sì hǎi wéi jiā de rén na
咱们这些四海为家的人哪，

さすらい人の我々ときたら、

nán dé xiāngjiàn　kě yí jiànmiàn yòu shuō qi le fēn bié
难得相见，可一见面又说起了分别。

めったにない再会なのに、すぐにまた別れを話題に語り始める。

語句の意味

天色	時間のころあい	相见	顔を合わせる
将	もうすぐ。間もなく	一	～すると、すぐ
热气腾腾	熱気が溢れているさま	见面	会う
四海为家	天下のどこでもわが家とする	说起	話し出す
难得	めったに～ない	分别	別れる

wǔ lǜ dōng yùn

44. 五律 冬韵

yún shān bó rì sè
云 山 薄 日 色，

wù gǔ zǎo cháo shēng
雾 谷 早 潮 声。

hé pàn jiāng fú liǔ
河 畔 将 拂 柳，

shí lín zǒng lǜ sōng
石 邻 总 绿 松。

qī bā zhī wǒ niǎo
七 八 知 我 鸟，

yī èr gào shí zhōng
一 二 告 时 钟。

dōng mù yíng chūn xuě
冬 暮 迎 春 雪，

hán jié sòng nuǎn fēng
寒 节 送 暖 风。

語句の意味

云山　雲に被われている山

雾谷　霧が垂れ込める谷

薄日　薄い日光

早潮　朝潮

将	まもなく	告时	時刻を知らせる
拂	撫でる	钟	鐘
石邻	石の隣。石のそば	冬暮	晩冬
总	いつも	寒节	寒い季節

解説

「天、地、海、山、川、木、鳥、寺、風、雪」といったあらゆる角度から冬景色を描いた作品である。八つの名詞句を連続させるという、五律詩の形式上新しい手法を試みている。八句は全て名詞性のものであるが、各句が描き出す情景の力によって、読者自身が意識せずとも関連する動詞を自然に選択することとなる。この意義からも、本詩は読者に十分な想像空間を与える作品に仕上がっていると言えよう。

現代口語訳

bái yúnlǒngzhào de shāndǐngshang mù yù zhedàndàn de yángguāng
白云笼罩的山顶上，沐浴着淡淡的阳光，

白い雲に覆われた山頂は、淡い日の光を浴び、

chén wù mí màn de shān gǔ li huí dàngzhezǎocháo de tāoshēng
晨雾弥漫的山谷里，回荡着早潮的涛声。

朝霧立ち込める谷間に、波の音がこだまする。

xiǎo hé bian pái liè zhe jiù yào fú dòng de liǔ zhī
小河边，排列着就要拂动的柳枝，

川辺にはもうすぐその枝を揺らそうと待ちわびる柳が並び、

yán shí páng chù lì zhezhōngniáncháng lǜ de sōng bǎi
岩石旁，矗立着终年常绿的松柏。

岩のそばの松は、変わらず青々と聳え立っている。

tiānkōng fēi guò jǐ zhī hé wǒ dǎ zhāo hu de niǎo
天空飞过几只和我打招呼的鸟，

空を横切る鳥たちが私に手招きし、

gǔ sì chuánchushù xià bào shí de zhōngshēng
古寺传出数下报时的钟声。

古い寺から時を告げる鐘の音が聞こえてくる。

dōng rì jiāng jìn piāo qi le yíngchūn de qīngxuě
冬日将尽，飘起了迎春的清雪，

もうすぐ冬が終わる。春を迎える小雪も舞い始めた。

cánhán shí jié chuī lai le sòngnuǎn de xú fēng
残寒时节，吹来了送暖的徐风。

寒さの中、どこからともなく暖かさの気配が漂っている。

語句の意味

笼罩	覆う。かぶさる	和	～と。～に
山顶	頂上	打招呼	挨拶する
沐浴	浴びる	传出	伝えてくる
淡淡	薄い	数下	数回
晨雾	朝霧	钟声	鐘の音
弥漫	充満する。立ちこめる	冬日	冬の日
回荡	こだまする	将尽	もうすぐ終わる
涛声	波の音	飘起	漂い始める
排列	並べている	清雪	小雪
就要	もうすぐ	时节	季節
拂动	揺さぶる	吹来	吹いてくる
矗立	そびえたつ	送暖	暖かさを運んでくる
飞过	飛んでいく	徐风	よそ風。微風

45. 七言绝句　南国冬晨

qī yán jué jù　nán guó dōng chén

hán méi zhàn fàng shuò fēng róu
寒梅绽放朔风柔，

bì hǎi wú bō shuǐ jìng liú
碧海无波水静流。

dōng yè xuě yuán cháng rù mèng
冬夜雪原常入梦，

piāo piāo sǎ sǎ shì xiāng chóu
飘飘洒洒是乡愁。

語句の意味

冬晨	冬の朝	静流	静かに流れている
寒梅	梅	冬夜	冬の夜
绽放	咲く	入梦	夢に入る。夢路をたどる
碧海	青い海	飘飘洒洒	（雪が）舞っている
无波	波が立たない	乡愁	郷愁。ノスタルジア

解説

本詩は、後出の二首と内容的に連続するもので、相前後して雪への憧憬、帰郷、雪景色について詠んでいる。南国の冬はさほど寒くはなく、めったに雪も降らない。しかし作者の潜在意識の中では、冬と雪花は常に故郷と繋がっているのだ。

現代口語訳

méihuā zài róu hé de běi fēngzhōng kāi fàng
梅花在柔和的北风 中 开放，

梅の花が柔らかな北風の中でほころび、

shēn lán sè de hǎi shangfēngpínglàngjìng
深蓝色的海 上 风 平 浪静。

紺碧の海は穏やかに凪いでいる。

dōng yè li wǒ chángchángmèngjiàn luò xuě de yuán yě
冬夜里我 常 常 梦见落雪的 原 野，

冬の夜、いつものように雪降る大地の夢の中、

nà màntiān fēi wǔ de xuěhuā shì wǒ duì jiā xiāng de jì yì
那漫天飞舞的雪花是我对家 乡 的记忆。

空一面に舞う雪花が、私をまた故郷へといざなっている。

語句の意味

柔和	柔らかい	常常	よく
开放	咲く	梦见	夢に見る
深蓝色	深みを帯びた紺色。紺碧	落雪	雪が降る
风平浪静	風は凪ぎ、波は静かである	漫天飞舞	（雪が）空いっぱいに飛び舞う
冬夜	冬の夜	雪花	雪片。雪花

南国瑞雪（王 占華　撮影）

46. 七律 梦乡踏雪行
qī lǜ mèngxiāng tà xuě xíng

xiǎo mèng jiā yuán tà xuě xíng
晓梦家园踏雪行，

shuò fēng wàn lǐ yě méng lóng
朔风万里野朦胧。

chén yáng yòu rǎn yín shān shuǐ
晨阳又染银山水，

lěng yuè chóng diāo yù jìng píng
冷月重雕玉镜屏。

lè sòng huā zhú chú yè qǐ
乐送花竹除夜起，

xīn fēi zhǐ yào Shàng yuán téng
欣飞纸鹞上元腾。

xún cháng guāng jǐng xún cháng shì
寻常光景寻常事，

ruò cǐ xiāng sī ruò cǐ qíng
若此乡思若此情。

語句の意味

梦乡	夢の世界	晓梦	朝の夢
踏雪	雪景色をめでる	家园	故郷

朔风	北風	除夜	大晦日の夜
朦胧	朦朧としている	起	起きる。昇る
晨阳	朝日	欣	喜んで
又	また	飞	飛ばす
冷月	皓々と輝く月	纸鹞	凧
重	再び	上元	旧暦の正月15日
雕	彫刻する	腾	上昇する
玉镜屏	玉の鏡と屏風	若此	このような
乐	楽しく	乡思	望郷の念
花竹	花火と爆竹		

解説

故郷を懐かしみ詠んだ作品である。夢の中で、作者が長い間離れている郷里に帰る。そこはどこまでも氷に閉ざされ、どこまでも降り積もる雪に覆われた厳寒の世界である。しかしその慣れ親しんだ景色と生活を目にして、思わず熱いものが込み上げてくる。最後の二句は、ありきたりな表現のようであって、それが却って天下遍く故郷を想う全ての人に共通する心情をぴたりと詠い上げる詩句となっている。

現代口語訳

wǒ zài mèngzhōng huí dào le bái xuě ái ái de gù xiāng
我在梦中回到了白雪皑皑的故乡，

夢の中、私は一面銀世界の故郷に帰りついた。

běi fēng hū xiào sì yě mángmáng
北风呼啸，四野茫茫。

北風吹きすさぶ大地が、どこまでも果てしなく続いている。

fěn sè de zhāoyáng yòu rǎn shang le yín sè de shānfēng
粉色的朝阳又染上了银色的山峰，

そしてまた薄紅色の朝日が銀色の峰々を自らの色に染め上げ、

qīnglěng de yè yuè chóngxīn huī yìngzhe bīngfēng de xiǎo hé
清冷的夜月重新辉映着冰封的小河。

氷のように澄んだ月が凍りついた小川を輝かせる夜がくる。

chú xī yè dà jiā huān lè de rán qǐ biānpào
除夕夜，大家欢乐地燃起鞭炮，

大晦日の夜、家族揃ってはしゃぎながら爆竹に火を点け、

Shàngyuán rì hái zi men xiàng qíngkōng fàng fēi fēngzheng
上元日，孩子们向晴空放飞风筝。

元宵節の昼、晴れ渡る大空に子供たちが上げた凧が泳ぐ。

suī rán dōu shì píngcháng de jǐng sè píngcháng de shì
虽然都是平常的景色，平常的事，

なにもかもがありふれた光景、ありきたりな出来事だけれども、

kě wǒ huáiniàn de jiù shì zhèyàng de jiā xiāng hé zhè xiē qíngjǐng
可我怀念的就是这样的家乡和这些情景。

私が想ってやまないのは、まさにそんな故郷、そんな風景なのだ。

語句の意味

梦中	夢の中	冰封	氷に閉ざされる
白雪皑皑	雪が一面に真っ白に降り積もったさま	大家	みなさん
		燃起	（爆竹に）火をつけて放す
呼啸	（風が）吹きすさぶ	鞭炮	爆竹
茫茫	茫々たる	孩子们	子供達
粉色	桃色	晴空	晴れた空
染上	染め上げる	放飞	飛ばす
清冷	清らかで冷たい	风筝	凧
重新	再び	怀念	懐かしむ
辉映	輝き映える	就是	（これこそ〜）である

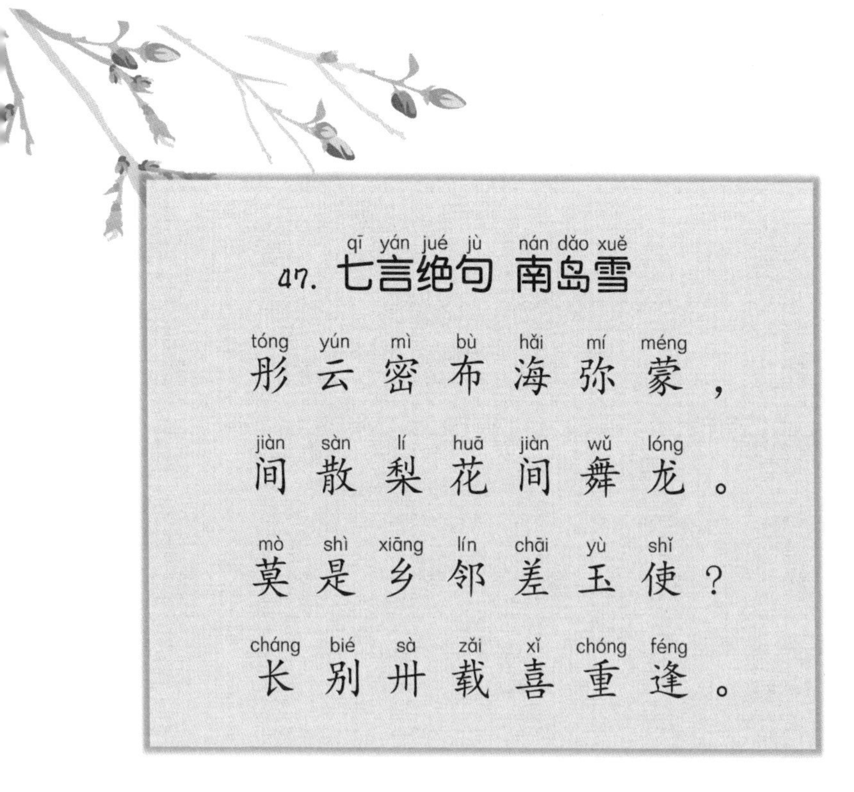

qī yán jué jù nán dǎo xuě
47. 七言绝句 南岛雪

tóng yún mì bù hǎi mí méng
彤云密布海弥蒙，

jiàn sàn lí huā jiàn wǔ lóng
间散梨花间舞龙。

mò shì xiāng lín chāi yù shǐ
莫是乡邻差玉使？

cháng bié sà zǎi xǐ chóng féng
长别卅载喜重逢。

語句の意味

彤云密布	雪を降らせる厚い雲が空一面低く垂れ込めている
弥蒙	霧が立ち込めてあたり一面がかすんでいる
间	時には。たまに
散（梨花）	まき散らす。雪がしきりと降るさまのたとえ
舞龙	竜の舞をする。雪のことを“玉龙”でたとえる。
莫是	まさか～であるまい
乡邻	同郷人
差	派遣する
玉史	(雪)使者
长别	長い間別れている
卅	三十
载	年
喜	喜んで
重逢	再会する

解説

居を構える南の地方で期せずして大雪が降り、久しぶりに故郷の冬を彷彿とさせる景色を目にした作者は、この上ない喜びを感じている。

現代口語訳

yún dī wù zhòng hǎi tiāncāngmáng
云低雾重，海天苍茫，

雲は低く霧は深く、海上一面かすむ中、

dà xuě shí ér xiàng lí huāpiāo luò shí ér xiàng yù lóng fēi wǔ
大雪时而像梨花飘落，时而像玉龙飞舞。

時に梨花が散るが如く、時に玉竜が駆けるが如く、雪が降りしきる。

tā huò xǔ shì jiā xiāng pài lái de shǐ zhě ba
它或许是家乡派来的使者吧，

これはもしかして、故郷からの使者ではあるまいか。

shǐ wǒ jiàndào le kuò bié sān shí nián de dōng rì jǐng sè
使我见到了阔别三十年的冬日景色。

遠く離れて三十年、あの冬景色をきっと私に届けにきてくれたのだ。

語句の意味

云低雾重	雲が低く、霧が濃い	飞舞	空中に舞う
苍茫	茫々としている	或许	かもしれない
时而	たまには。時には	派来	派遣してくる
飘落	舞い落ちる	见到	会える
玉龙	玉竜（雪のたとえ）	阔别	長い間別れている

bǔ suàn zǐ Yuán xiāo
48. 卜算子 元宵

yóu zǐ zhòng jiā jié
游子重佳节，

cí mǔ sī ér nǚ
慈母思儿女。

kuī mǎn yīn qíng yǔ xuě fēng
亏满阴晴雨雪风，

guà lǜ mái xīn dǐ
挂虑埋心底。

hé rì fù jí guī
何日负笈归，

xiào yuàn rú cháng xǔ
孝愿如偿许？

zhù wàng tiān biān míng yuè shēng
伫望天边明月升，

zǒu jìn xiāng sī lǐ
走进乡思里。

語句の意味

卜算子　詞牌名

元宵　旧暦の正月15日。元宵節

佳节　佳節。節句の日

思　恋しく思う

儿女　息子と娘。子供
亏　月が欠けること
满　月が満ちること
阴　曇り
晴　晴れる
挂虑　心にかける。心配する
埋　隠す
何日　いつの日
负笈　本を入れる箱を背負う。もとは「遊学する」であるが、ここでは「遊学を終え故郷に帰る」という意味。
归　帰る
孝愿　親孝行の願望
如偿　願いを達する
许　願をかける。約束する
伫望　長時間佇んで眺める
升　昇る
走进　中にはいる
乡思　望郷の念

解説

唐代の王維が残した名句“独在异乡为异客，每逢佳节倍思亲(獨り異郷に在りて異客と爲り，佳節に逢ふ毎にますます親を思ふ)”では、故郷を離れた者が故郷や家族を想う気持ちが詠まれている。本詩ではその視点を少し変え、故郷を離れている者が、いつも我が子を思う母親の気持ちを想像し、いたたまれずに故郷に帰り親孝行したくなるものの、すぐには帰ることができないもどかしさを表現している。

現代口語訳

yóu zǐ zhòng shì jié rì
游子重视节日，

故郷を離れた者は季節の節句を大切に思い、

mǔ qīn sī niàn ér nǚ
母亲思念儿女。

母親は離れている我が子を恋しく思う。

bù guǎn yuè yuán yuè kuī　bù guǎn fēng shuāng yǔ xuě
不管月圆月亏，不管风霜雨雪，

どれだけ時が流れても、どんなに季節が移ろおうとも、

měi shí měi kè　dōudiàn ji zhe zì jǐ de hái zi
每时每刻，都惦记着自己的孩子。

いつ何時も、我が子を思う気持ちが途切れることはない。

shén me shí hou wǒ néng huí dào jiā xiāng
什么时候我能回到家乡，

いつになったら私は帰郷し、

shí xiàn bào xiào fù mǔ de sù yuàn ne
实现报孝父母的夙愿呢?

親に孝行を尽くしたいこの願望を叶えることができるのだろうか。

níng wàng zhe tiān biān shēng qǐ de yuán yuè
凝望着天边升起的圆月，

空に昇る満月を見つめながら、

wǒ xiàn rù le duì jiā xiāng de sī niàn zhī zhōng
我陷入了对家乡的思念之中。

私は深い懐郷の念に陥っている。

語句の意味

节日	節句。祭日	家乡	故郷
思念	恋しく思う	报孝	親孝行をする
不管	～にもかかわらず	夙愿	宿願
月圆	月が満ちる	凝望	じっと見つめる
月亏	月が欠ける	天边	空
每时每刻	四六時中	升起	昇ってくる
惦记	心にかける。心配する	圆月	満月
孩子	子供	陷入	陥る。ふける
回到	帰る		

49. 醉花阴 老友共酌

zuì huā yīn lǎo yǒu gòngzhuó

xī rǎng Dōng yíng píng shuǐ dù
西壤东瀛萍水渡，

fēng yǔ qíng yīn lù
风雨晴阴路。

chūn xià fù qiū dōng
春夏复秋冬，

háng biàn tiáo yáo
行遍迢遥，

wèi wàngxiāngshān gù
未忘乡山故。

jǐ bēi mǐ jiǔ zhōngcháng sù
几杯米酒衷肠诉，

zhēng wèi zhī yīn fù
争为知音赋。

huí shǒuchàng píng shēng
回首怅平生，

xù bà fāng nián
絮罢芳年，

wú nài shuō chí mù
无奈说迟暮。

語句の意味

醉花阴	詞牌名	米酒	紹興酒
老友	古い友人	衷肠	胸の中
共酌	共に飲む	诉	感情を込めて述べる
西壤	西側の土地。中国を指す	争	先を争う
东瀛	日本	为	～のために
萍水	浮き草が水に集まる。未知の人と偶然に知り合うたとえ。	赋	詩を作る
		回首	回想する
渡	渡る	怅	失意のさま
阴	曇り	平生	一生
复	また	絮	くどくど言う
行遍	あまねく歩く	罢	終わる
迢遥	遙かに遠いさま	芳年	うるわしい年頃。青春
乡山	故郷の山	无奈	しようがない
故	故人。古い友人	迟暮	晩年

解説

異国の地で久しぶりに再会した旧友と酒を酌み交わしながら、胸襟を開いて昔話に花を咲かせる情景を描いた作品である。前半は作者と旧友の経歴、後半は差し向かいで飲む場面と歓談の内容を詠んでいる。“絮罢”“无奈”等の語句により生々しく老人特有の長話や喪失感を自嘲的に表現しながら、そこにはある種のおかしみも含まれている。

現代口語訳

cóngZhōngguódào Rì běn　wǒ menpíngshuǐxiāngféng
从中国到日本，我们萍水相逢，

中国を後にし、日本で漂う根無し草の我々が、偶然にも再会した。

zhè shì yì tiáo shí ér shùnchàng　shí ér jiān xīn de lù
这是一条时而顺畅，时而艰辛的路。

互いに楽あれば苦、苦あれば楽の道のりだった。

chūn xià qiū dōng　nián fù yì nián
春夏秋冬，年复一年，

春夏秋冬、一年そしてまた一年と時は流れて、

wǒ menjīng lì le xǔ xǔ duōduō
我们经历了许许多多，

我々はたくさんのことを経験してきたけれど、

dàndōudiàn ji zhe jiā xiāng hé lǎo yǒu
但都惦记着家乡和老友。

どんな時も、故郷や親友のことは常に心の中にあった。

jiǔ hān ěr rè　qīng tǔ xīn shēng
酒酣耳热，倾吐心声，

酔いが回り始めると、心の声が溢れ出すのを抑えきれず、

wǒ menzhēngzhexiàngduì fāng sù shuō
我们争着向对方诉说。

我々は先を争うかのように互いの心中を訴え合う。

huí wàng zì jǐ de yì shēng
回望自己的一生，

己の人生を顧みて、

xù xu dāodao de chóngwēn le niánqīng de guò qù
絮絮叨叨地重温了年轻的过去，

若い頃の思い出話を何度も何度も繰り返したあげく、

wú kě nài hé de huí dào le lǎo nián de xiàn shí
无可奈何地回到了老年的现实。

そしてまた無力感とともに年老いた現実へと引き戻されてゆく。

語句の意味

萍水相逢	浮き草が水に集まるように知り合う
时而	時には
顺畅	順調である
艰辛	厳しく苦しい
年复一年	一年また一年
经历	経験する
许许多多	多い。さまざま
惦记	気にかける
家乡	故郷
酒酣耳热	酔いが回り始める
倾吐	心中を吐露する
心声	心からの訴え
向	～に向かって
对方	相手
诉说	切々と話す
回望	顧みる。回想する
絮絮叨叨	くどくど言うさま
重温	振り返る。顧みる
无可奈何	どうしようもない
回到	戻る

家山雲海（王 占華　撮影）

50. 浪淘沙 海望

làng táo shā hǎi wàng

tiān dì liǎng cāng máng
天地两苍茫，

bú jiàn fān qiáng
不见帆樯，

suí fēng zhú làng màn sī liáng
随风逐浪漫思量。

sān wàn lǐ hé dōng rù hǎi
三万里河东入海，

huì cǐ wāng yáng
汇此汪洋。

sāo shǒu mì shī háng
搔首觅诗行，

bǎi zhuǎn huí cháng
百转回肠，

yún yān guò yǎn dàn yán liáng
云烟过眼淡炎凉。

yuàn zuò qīng bō yì diǎn shuǐ
愿做清波一点水，

xiào yǔ xié yáng
笑语斜阳。

語句の意味

浪淘沙	詞牌名
苍茫	広くて果てしない
不见	見えない
帆樯	帆柱
随风逐浪	風と共に波に追いつく
漫	とりとめなく
思量	考慮する。思う
三万里河	長い川。多くの川。１里は500メートル。
东入海	東へ流れ、海に入る
汇	集まる。合流する
汪洋	大海原
搔首	思案する。苦慮する
觅	さがす
诗行	詩句
百转回肠	焦り苦しんでいろいろと思い悩んでいる
云烟过眼	事物がかげろうのように消え失せる
淡	功名利益に冷淡である
炎凉	栄えれば人が寄り集まり、衰えれば去る。世の人情は金や権勢に左右されて変わりやすいことのたとえ。
清波	清らかな波
一点	一滴
语	語る

解説

海は詩の源泉である。眺める時間や場所によって常に異なる表情を見せるその存在は、同様に詩人たちに様々な感情を沸き上がらせ、詩情を誘発し続けてやまない。本詩は、目の前に限りなく広がる信濃川河口を描いた詩友の雁門の大作に刺激を受けて詠まれたものである。海を前にその広さと己の小ささに改めて感じ入った作者が、清貧に甘んじ、小さくはかない存在として生きていこうとする自らの意志を表現した作品である。

“三万里河东入海（三万里の河は東し海に入り）”は、宋・陸游の『秋夜將曉出籬門迎涼有感』による。

現代口語訳

tiān dì yí piàncāngmáng
天地一片苍茫，
　　目の前に果てしなく広がる世界に、

kàn bu jiàn yú chuán de yǐngzōng
看不见渔船的影踪，
　　船影は見当たらず、

wǒ de sī xù suí zhefēnglàngzònghéng chí chěng
我的思绪随着风浪纵横驰骋。
　　思いは風に吹かれ波に揺られ、どこまでもどこまでもかけめぐる。

tiáotiáojiāng hé guī rù dà hǎi
条条江河归入大海，
　　大海原を目指す無数の河たちが、

cái xíngchéng le guǎng wú jì yá de wāngyáng
才形成了广无际涯的汪洋。
　　いつしかこの広大な海を造り上げたのだ。

wǒ míng sī kǔ xiǎng sōusuǒ shī jù
我冥思苦想，搜索诗句，
　　詩句を求め深く悩み続けてきた私の心には、

jīng lì guo de xǐ nù āi lè yǒngshang xīn tóu
经历过的喜怒哀乐涌上心头，
　　乗り越えてきた幾多の喜びや悲しみが込み上げてくる。

wǎng shì rú yān zì jǐ zǎo yǐ kàndàn le shì tài yánliáng
往事如烟，自己早已看淡了世态炎凉。
　　しかし過ぎ去ったことは煙のようなもの、栄枯盛衰に翻弄される人の世にもはや何の興味もない。

wǒ lè yú chéngwéi yì dī hǎishuǐ
我乐于成为一滴海水，
　　私は喜んで一滴の海水となり、

xīn qì píng hé de xiào duì wǎnjǐng
心气平和地笑对晚景。
　　穏やかな心で暮景に笑う。

語句の意味

一片	あたり一面	经历	経験する
看不见	見えない	涌上	湧いてくる
影踪	形跡	心头	胸の中
随着	伴う	往事如烟	往事は煙の如く
纵横驰骋	遮るものなく自由に走り回る。縦横にかけめぐる	早已	すでに。とっくに
		看淡	淡泊に見る
条条	すべての河。多くの河	世态	世の人情
归入	集まる。合流する	乐于	喜んで
才	～してはじめて	成为	～になる
广无际涯	広くて果てしがない	心气平和	心穏やかである
冥思苦想	何度もくり返して考える	晚景	夕方の景色。晩年の境遇
搜索	さがす		

霧海夕日（王 占華　撮影）

うえの　けいじ
上野 惠司

　1939年10月大阪府に生まれる。共立女子大学名誉教授、文学博士、一般財団法人日本中国語検定協会理事長。

【主な著書】

『基礎中国語辞典』(ＮＨＫ出版)

『精選中国語成語辞典』(白帝社)

『ことばの散歩道』(Ⅰ－Ⅵ)(白帝社)

《中日语言文化漫步》(Ⅰ－Ⅳ)(吉林大学出版社)

おう　せんか
王 占華

　1951年9月中国長春市に生まれる。北九州市立大学教授。

【主な編著書】

『中国語常用フレーズ辞典』(光生館)

《语义蕴涵与句法结构及话语理解》(朋友書店)

《基于比较的汉语教学法》(朋友書店)

葛原新漢詩集
詠新漢詩　学中国語

2017年3月31日　第1刷発行　　定価 2,000円(税別)

著　者　王　占　華

発行者　土　江　洋　宇

発行所　朋　友　書　店
〒606-8311　京都市左京区吉田神楽岡町8
電 話 (075) 761-1285
FAX (075) 761-8150
E-mail: hoyu@hoyubook.co.jp
印刷所　株式会社 図書印刷 同　朋　舎

ISBN 978-4-89281-161-6 C0087 ¥2000E